驰援的声音

抗击新冠肺炎疫情诗歌选

万众阅读平台陆续推出本书部分作品

中篇小说选刊杂志社 编

驰援的声音

抗击新冠肺炎疫情诗歌选

海峡出版发行集团
THE STRAITS PUBLISHING & DISTRIBUTING GROUP
海峡书局

图书在版编目（CIP）数据

驰援的声音：抗击新冠肺炎疫情诗歌选 / 中篇小说选刊杂志社编．— 福州：海峡书局，2021.3
ISBN 978-7-5567-0750-8

Ⅰ．①驰… Ⅱ．①中… Ⅲ．①诗集－中国－当代 Ⅳ．①I227

中国版本图书馆 CIP 数据核字（2020）第 198471 号

责任编辑　廖　伟
编辑助理　林丹萍
装帧设计　陈小玲

驰援的声音：抗击新冠肺炎疫情诗歌选

编　　者　中篇小说选刊杂志社
出版发行　海峡书局
地　　址　福州市白马中路 15 号　　**邮　编**　350005
印　　刷　福州德安彩色印刷有限公司
厂　　址　福州市金山浦上工业区 B 区 42 幢　　**邮　编**　350002
开　　本　787 毫米 ×109 毫米　1/16
印　　张　15
字　　数　150 千字
版　　次　2021 年 3 月第 1 版
印　　次　2021 年 3 月第 1 次印刷
书　　号　ISBN 978-7-5567-0750-8
定　　价　58.00 元

前　言

2020年春节前夕，突如其来的新型冠状肺炎疫情爆发。疫情发生后，党中央迅速做出决定，坚决打赢新冠疫情阻击战，并迅速采取了应对措施。十四亿中国人众志成城，投入抗击疫情的战斗中。来自全国各地的医务人员、军人，以及各行各业的人，迅速投入这场疫情阻击战。一时间，“抗疫”成了全国文学艺术创作的主题。《驰援的声音》正是抗疫文学大浪潮中的一朵小小的浪花，凝聚着来自全国各地诗人的心声。

我国是诗的国度，以诗歌咏唱世情、抒发感受由来已久。面对突发的灾难，组织、选编有一定覆盖面，有群体及民族代表性的抗疫诗歌选集，无疑是出版者应尽的职责，也是文艺工作者对武汉人民最真诚的声援。我社通过公众号发出征稿启事后，迅速收到来自全国的大量诗稿。经过遴选，现汇编成这本《驰援的声音：抗击新冠肺炎疫情诗歌选》，以飨读者。

本书收入诗歌一百六十九首，涵盖二十几个省份、七十一名作者（包括部分少数民族作者）。这部诗集以全国各地、各行各业驰援武汉为主题，记录和讴歌在这次新冠肺炎疫情阻击战中令人感动的医务人员、人民警察、社区工作者、快递小哥，以及方舱医院、雷神山医院、火神山医院的建设者，传达出全国万众一心驰援武汉抗疫的主旋律，无疑是时代一曲曲动人的颂歌。

记录时代的抗疫诗歌仍在持续创作，这部诗集只是抛砖引玉，期待促成更多的创作，引发更大的共鸣，以凝聚民族力量，彻底打赢这场疫情阻击战。

当前，全球正处于新冠肺炎疫情阴影的笼罩之下，中国在抗击新冠肺炎情中获得瞩目的成绩，并向世界伸出援手，体现出负责任的大国应有担当。2020年9月8日，全国抗击新冠肺炎疫情表彰大会在京召开，彰显“生命至上，举国同心，舍生忘死，尊重科学，命运与共”的抗疫主题。

本社围绕图书《驰援的声音》的编辑过程，推出杂志社的抗“疫”故事小视频《〈驰援的声音〉——以笔为援，文学战疫》，入选第十届中国数字出版博览会出版战“疫”数字内容精品展，同时在学习强国APP推出，反响热烈。

抗疫是全人类共同的事业，中国抗疫，驰援各国，充分体现人类命运共同体的理念。中国抗疫精神值得弘扬，驰援的声音将长久传递。

中篇小说选刊杂志社

2021年2月25日

目　　录

光（外一首）

高　涛　安徽

光

感谢的话语说了千遍万遍
还是不足以表达此刻的情感
请让我再学一遍你的乡音
请让我再看一次你的眼睛
它们都曾是我黑暗日子里的光
我要永远铭记

请告诉我你的城市
请告诉我你的姓名
请记得我们彼此的约定
它们都将是我未来路上的光
我会拥抱这份爱
勇敢前行

我　相　信

我相信中国
我相信武汉
我相信
口罩阻隔不了爱和笑脸
我相信高尚的信仰
必然孕育高尚的灵魂
我相信

洁白的防护服下
每一颗心
都星空般璀璨

磨砺宝剑锋
苦寒梅花香
我相信
风霜洗礼后春天会更鲜艳
我相信伟大的梦想
必然始于平凡的坚守
我相信
洁白的防护服下
每一张普通的面孔
都坚定而毅然

誓死亦不退
不胜决不还
我相信
铮铮铁骨的倔强终会凯旋
我相信困苦的磨难
必然铸就浴火的辉煌
我相信
洁白的防护服下
每一个生命的守护
都雄壮如山

高　涛　安徽大学新闻学专业，本科学历。部队服役军人。作品散见《淮河晨刊》《北极光》《碣石风》等报刊以及各文学公众号。曾获《中国乡村》杂志“乡村十月征文大赛”优秀奖，第二届超星杯“新时代·微文学”创作大赛安徽省一等奖。有作品入选《〈东部文学〉2019年作品精选》《中华情·诗歌选粹》《第二届超星杯新时代·微文学典藏作品集》等书。

神州指日疫魔平

刘　杰　安徽

一

神州指日疫魔平，
壁垒森严鼓角鸣。
请战书中腾热血，
鞠躬尽瘁曙光迎。

二

怒发冲冠杀气生，
神州指日疫魔平。
同心共扫硝烟尽，
四海高扬胜利旗。

三

临危自有铁肩撑，
大义高风演逆行。
敌忾同仇齐亮剑，
神州指日疫魔平。

刘　杰　安徽省寿县人。安徽省作家协会会员、淮南市作家协会会员、寿县作家协会副主席、中华诗词学会会员、安徽省诗词学会会员、淮南市硖石诗词学会副会长、寿州诗词学会副会长。作品散见于《光明日报》《中华诗词》《诗选刊》《中华辞赋》《中国教师报》等二百余种刊物，著有《寒窗客守客窗寒》。

爱会将春天重新打开（组诗）

李坤龙　安徽

剪掉长发的你有了新的名字

你在人间闪耀
你与众多姑娘一样爱美
你将长发留至腰间
并精心打理它们
但是“战疫”的集结号一响
你毅然将蓄养多年的长发剪掉

你将长发反复抚摸后放入梳妆台
姑娘，我知道你还留恋她们
姑娘，你看看面前的梳妆镜
此刻它盛满光芒
姑娘，长发飘飘的你很美
此刻，剪掉长发的你有了新的名字
——女神

一袭白衣的女神
你降临在人间最危险的地方
恶魔将被你降服
众生将被你安抚
春天，所有的鲜花都将绽放
它们要将美丽献给凯旋的女神

无数朵梅花迎风绽放

当灰色笼罩大地时
白衣侠士在一张张白纸上
按上鲜红的手印
于是梅花就开了
梅花开了就将灰色的世界点亮

“梅花香自苦寒来”
你嗅到扑鼻的香味了吗？
躁动的喘息会慢慢平复
你的鼻息将充满芬芳
你看梅花在神州大地四处绽开

这些梅花啊将迎着风一路绽放
她们要去风暴的源泉
她们要用绚丽的花瓣
给黑色风暴以颜色

每一枚花瓣温和又锋利
她们将用尖锐的棱角
刺破恐慌的魔罩
她们会以花团锦簇
构筑温暖又坚实的防护罩
为人间重新投下多姿多彩的生活

我们都在等着你凯旋

你是健康出征
也要健康凯旋

父母和孩子，在你走的那一刻
就一直将目光投向远方
他们需要你健康的身影
在眼底投出快乐

你听，孩子要躺在你的怀里
听你讲述胜利的故事
你看，母亲为你煲了一锅汤
等你一边喝汤一边向她发发牢骚
父亲也没有闲着
他每日都要到你的房间坐坐
看太阳升起，看太阳落下

院子里的梅花也含苞待放
它也在静静等待
你凯旋的消息传来时
它将以最火红的颜色
最优美的绽放
将自己献给“战疫”英雄

火　神　山

有苦难的地方
就一定有神降临
武汉，你看到了吗?
中国速度和中国力量
正在完成火神的召唤

夜以继日的工人
马不停蹄的司机
坐镇前线的指挥

他们背后都有一朵祥云
他们都有一团火热的力量

妖魔鬼怪将在这里无处遁形
一团烈火将还我们晴朗的人间
要挺住，要挺住
孩子需要爸妈，爸妈需要孩子
我们要坐在火堆前一起唱响胜利的歌

李坤龙　90后，安徽省宿州市第九小学教师，诗歌散见于《诗歌月刊》《绿风》《诗潮》《诗选刊》等。

复工的劳动者（组诗）

蔡晓安　重庆

擦鞋大妈

俯下身
才能把鞋擦得更干净
这种谦恭的姿势
让前来擦鞋的人
在苍苍白发面前
于心不忍
于心不忍
还得忍着再多来几次
让粗糙皴裂的双手
在不停的劳动中
找到信念

在一排的擦鞋队伍中
擦得不是最麻利
却绝对最认真
虽然眼睛很模糊
却从不肯放过
每一个模糊的痕迹
所以
她把身子和鞋子
靠得那么近

擦鞋的人走了
她才有空挺挺身

偶尔也看看天
呆呆地出一会儿神
不知道昨天捐出的那笔钱
有没有到达
那座叫武汉的城

棒　棒　儿

跟肩上的棒棒一样
笔直而硬朗
随着所担的重量
一上一下
不停地晃荡
但这都是年前的事了

年前
他总是一次又一次
把压力变成动力
慢慢学习
在被挤压的身体里
找到
前进的韵律

年前
他从不相信运气
因为每一步
都必须脚踏实地
平稳的生活
绝不允许
哪怕一步踩虚

可是现在呢
现在他戴着口罩
坐在台阶上
不是和手里的棒棒
形影相吊
就是不无遗憾地想
如果我在武汉该多好
我有满身的力气
可以帮大家担很多东西
不会像现在这样
白白浪费掉

清 洁 工

干着最脏的活儿
却有着最干净的名字

弯下腰
才能诚实劳作
哪怕慢一点
也要把所有的垃圾
扫走
边扫边想象着自己
如同医生
把无孔不入的病毒
统统清除

一条街
一条街地扫着
扫走肆虐的风雨
扫走夕阳的忧郁

扫走这个春天
多少沉重的步履
却扫不走
一直流淌的汗滴

公交车司机

在驾驶室坐下来
把火点燃
握紧方向盘
除了口罩与口罩相隔
把身体
与整辆车的命运
紧密相连

每到一站
一些人下去
一些人上来
没有谁记住了谁的脸
只有车轮一直滚滚向前
只有
车厢最前面那个人
把正面留给昨晚的妻儿
把背影
留给一车的陌生人

从起点到终点
一条路线跑下来
就成了每个人心中
都画着的那个圆

印章师傅

在这热闹的大街上
有多少人
愿意穷尽一生
在小小的天地里
安静地
驰骋

一枚枚红色之印
像一个个热烈的吻
那是生活
给精益求精的劳动者
开出的证明

可疫情还没有消散
可人还是没有来
但他并没有闲着
他一直在方寸之间运筹
把粗糙的表面
一点点磨平
把一个叫李文亮的名字
用雕刀
刻得棱角分明

蔡晓安 文学学士，重庆文学院第二届创作员，鲁迅文学院第三届西南班学员，云阳县文联副主席。先后在《诗刊》《啄木鸟》《中华文学选刊》《四川文学》等刊发表作品。获第三届巴蜀青年文学奖，中短篇小说集《岁月是一条蜿蜒的河》入选2019年度重庆市文艺创作资助项目。

战疫红手印（组诗）

董存友　重庆

老　支　书

没有比人更高的山，没有比脚更长的路
即使他人在低处，哪怕在崇山峻岭之间
也要用生命的绿，把冰冻的土地唤醒
更要用信仰的红，把晦暗的希望点燃

瘟神来时，他一声锣敲响警钟
号召来时，他一声喊主动请缨
吴天辉，这位仙女山梦冲塘村的老支书
七十岁了，他老骥伏枥，壮心不已去抗疫

他带领老党员，义不容辞向党组织
递交了请战书，毅然奔赴抗疫前线
春天已不远，花苞都在树上等着开放
喇叭里的春风，把爱一声声拂到山前

脚步迈动着使命，喇叭里喊出誓言
他要用爱，守护梦冲塘的这一方平安
请战书上一排鲜亮的红手印，终于绽放
这些高贵灵魂，和他们对党的忠贞宣言

退　伍　兵

最美的儿女情长，是你我豪情万丈
义无反顾奔向抗疫一线，横刀立马
最美的诗情画意，是你我目标一致
毫不畏惧走上抗疫前线，横持戈矛

天下有疫，就应该患难与共
一方有难，就应该八方支援
黄朝林，这个返乡创业的退伍兵
带头抗疫，有了顶天立地的壮举

卑微时，你和大山融为一体
闲云野鹤，和草木称兄道弟
高大时，你就成了大山山峰
孤峰兀立，和白云春风化雨

在大年三十，你听到党的召唤
立即把几个退伍兵组织一起
在党旗下宣誓，按下战疫手印
用信仰的光辉守护一方平安

服　务　队

白马仙女携手春雪的声音
唤着早春二月，乌江的桃李
在他梦里翻身，先金黄一片油菜
再等他胜利凯旋，繁花绽放欢庆

彭小兵，疫情一线的党支书

是武隆红豆社区的硬核战疫人
他驮着太阳出，挽着月亮归
日常一如奔流的乌江

他带队驱赶瘟神，防控病毒
打开千门万户，把拦在江南的春
阻在路上的爱，通通迎进山门
还把柴米油盐，送到百姓家里

他组建的自愿服务队，有他邻居
还有他的战友。大家在
战疫旗上签字，四个红手印
与信仰和爱，在风中高高飘扬

董存友 中国散文学会会员，重庆市作家协会会员，武隆区作家协会副主席。著有长篇小说《那些散失的青春》《白马啸乌江》，散文集《云雾天堂》。

黎明闭上了一双清澈的眼睛（外一首）

——献给牺牲在抗疫一线的白衣天使

赵历法　重庆

二月初春，大地举起旭日的酒杯
送别的话还未出口，心
玻璃一样，碎在浩瀚的天宇

每一粒碎裂的泪珠里
都是你戴着口罩上路的身影

你逆着阳光上路，影子
漫过山冈，漫过江海，漫过大地
漫上辽阔的痛

你带着病毒走了，每一步
都那么沉重，又那么决绝
你留下生的希望，给朋友，给同事
给天下苍生

起伏跌宕的战疫路，沟壑纵横
你一步一个趔趄，又一步一个脚印
一身夜色，走向黎明

长江呜咽，汉水悲鸣
我把洒满天空的泪滴，聚集为一方
晶莹剔透的墓碑
在心底

寒冷季节也有暖人的阳光

滞宅这个冰川期，我虔诚地
把自己端端正正放进
正前方三米处的电视里，那里
春阳融融，那么多白大褂勇冠三军
抢夺一个人正在流失的时光
神情凝重，孤注一掷的决然
大有不获全胜誓不罢休的气概
一小时、两小时、三小时……
一天、两天、三天……
他们在通往地狱的路上
层层设防，疲惫而坚如磐石

一缕一缕，他们把夺回来的阳光
放回那些躺在病床上的躯体里
浑身插满各种管子的人
呼吸渐趋平稳

他们随便靠着一处墙壁，或蜷卧走廊
眯一会儿困乏的双眼，被自己遗忘的亲人
迅疾从遥远的家乡赶来
团聚

赵历法　中国作家协会会员，重庆市作家协会全委会委员，重庆市评论家协会会员。作品散见于《诗刊》《扬子江》《星星》诗刊等。有作品多次获全国诗赛奖并入选多种年度选本。出版诗集《胸中的涛声》《春风吹着秋》、诗歌评论集《走进诗人的内心世界》。诗集《天空很蓝》2016年由重庆市作家协会资助出版。

打怪兽的妈妈

吴海歌　重庆

在武汉，新冠病毒肆虐之时
风，吹成阴风
雨，下成凄雨
蝙蝠，从柴火堆里，飞起来
携带着上百种暗器，发出阴冷的笑声
向人类宣战
其来势，如恶浪滔滔、乌云滚滚

武汉、武汉
这座耸立两江口的繁华都市
突然恐慌、躁动、逃离、躲藏、喑哑，甚至哭泣
而菜板上的果子狸吼着站起来了
冰箱里毒蛇舞着扑出来了
碗里的斑鸠扭着蹦出来了
它们为发起一场疯狂的报复起舞狂欢

此时，一切与天使联袂的，白的如白大褂、白口罩、
　白帽子
一切与冰雪相似的，纯净的情感与莹莹之心
为抗击病毒的肆虐
迅速集结起来
奔赴武汉

它们，在为打一场武汉保卫站
立誓，决心献出亲情、爱情、家庭
甚至自身的生命

此时，哺乳的断奶
育儿的托孤
一切，为奔赴战场准备着

此时，一位安徽籍的护士长
为了安抚五岁的女儿
毅然剪断母女依恋的脐带
儿哦，放手吧
妈这是去打怪兽
等妈去把它们打败了
就回来，回来抱你
说着泪水滴落下来

儿哦，你不是害怕怪兽吗
可怪兽不是妈妈的对手
它们怕妈妈的白衣服、白口罩
和妈妈这颗莹洁之心

儿哦，等妈妈把那些叫病毒的恶魔灭了
武汉才重奏欢歌
家庭才重拾温暖
蝙蝠才会败退阴山
蛇类才会缩头丛林
果子狸才会从野味市场销声匿迹
武汉才会重回安宁

武汉安，全国安
武汉宁，全国宁
武汉畅，全国畅
武汉通，全国通

孩子，到那时

妈就回来了
到那时，妈把你搂在怀里
你就实实在在地安全了
健康了，温暖了
幸福了

这时，只有这时，你才能体会到什么是母爱
认识到母爱是多么宽厚
多么伟大

这时，你才理解一个全新的护士
她们穿戴的口罩、白衣
以及全身的披挂
是多么耀眼、强大
才真正地钦佩、赞叹
这人间天使
就是你眼前的妈妈

为妈骄傲吧，孩子

吴海歌　本名吴修祥，重庆永川人，中国作家协会会员。曾在《诗刊》《人民文学》《星星》《诗选刊》《飞天》《清明》等刊物发表诗歌和评论。著有诗集《渴望》《等待花开》等五部。

等一束阳光

黄　静　福建

我看见
各色的口罩模糊了本该充满笑容的容颜
冰冷的铁丝扼住了城市的咽喉
灰暗的阴霾笼罩着一城之地
逐渐地
向全国蔓延
武汉，无数人牵挂着的城市
他病了
他在疾病的吞噬中
艰难地喘息

我看见
屏幕内的数字累加着
心跳溢出了无温的网络
化为了无数的一撇一捺
重重砸在
他残败不堪的心
他病了，他病了
我们本是一家

我看见
无数的天使飞入空城
守住前线
忍住热泪
只为再一次
看见这座城的笑颜

兄弟姐妹们在城外呐喊
物资从四面八方涌入
那是朋友的援助
是亲人的慰问
我们在一起，就是中国

等一束阳光
拨开阴霾
散落在祖国大地
等一树花开
伴着春风的节拍
在祖国大地上
跳樱花之舞
奏希望之歌
愿樱花烂漫之时
远方的朋友能在此相会
携手，走过花路
那时的阳光
和煦温暖地落在陌生而亲切的笑颜上
在不久的将来

黄　静　福建师范大学协和学院文化产业系2019级汉语言文学专业学生，“溪源”文学社成员。原创诗歌作品《等一束阳光》由福建省广播影视集团以及福建省各地电视台主播们联合演绎，在抗击疫情期间产生良好的社会反响，得到多家媒体报道。

寻找春天（外一首）

林华春　福建

这个初春太过压抑
冬天掏出了太多太多寒意
包括病毒，包括瘟疫
包括漫长的封闭与孤寂

今日，阳光终于在寒风中驾临
春天，这五光十色的孩子
终要在冰封的大地降生
这新生的芽啊，这新生的花啊
多么耀眼，多么欢喜

大地微微泛青
愿这弱小的信息
吹响春天的集结号
集合所有的绿叶、所有的花朵
所有的善良、所有的美好
饱受苦难的大地
多么需要一场蓬勃的春雷
让雷的激荡、雷的劲舞
击垮肆虐太久的冬寒
冰冻封闭的大地
多么需要一江奔腾的春水
让水的恣意、水的欢歌
冲溃疠瘴、苦难和悲伤

寒风中的阳光下，天空蔚蓝

我在泥土里、在石缝中寻找春天
只要阳光还在
绿叶迟早会铺展大地
鲜花迟早会盛开故园
从每双渴望的双眸流淌出的
春风
必将拉开
春天五光十色的大幕

今夜不说晚安

——致湖北疫区同胞

今夜寂静，街灯孤独
空旷的大街，空旷的心情
兄弟姊妹，今夜不说晚安

这个春天，来的脚步有些趔趄
风雨凄凄，山河呜咽
远方的灯光
何时照亮亲人的心

今夜不说晚安
我的兄弟，我的姊妹
我想挽起长城的手臂
把疫瘴驱散在茫茫九天
我想挽起长江的浪花
把病魔葬送进滔滔大海
今夜，我的心千疮百孔
今夜，我的情满身疮痍

今夜寂静，今夜的城

在雨水中哭泣
今夜我们不说晚安
今夜我的双眼噙满泪水

林华春 福建上杭人，上杭县教育局原副局长，龙岩市作家协会常务理事，上杭县作家协会主席。作品在《清明》《朔方》《诗潮》《诗歌月刊》《长江诗歌》《海峡诗人》《山东诗人》《客家诗人》《福建日报》《福建文学》《厦门文学》《闽西日报》等报刊发表，并在众多微信公众号推送，入选《2010—2011福建优秀诗歌选》《闽派诗论》《中国当代诗歌精品六十家》等，出版诗集《生命的河流》《生命的轮回》。

出征战疫律诗三首

林立坤　福建

一

羽檄传来疫患多，
援师连夜将兵罗。
光寒北斗倚长剑，
泪起征途感浩歌。
皑雪风生情缱绻，
霜天雁叫影婆娑。
微躯未敢先纾警，
待旦和衣共枕戈。

二

风凄荆楚鸟哀鸣，
共赴戎装险处行。
度外死生何暇顾，
思之危难更相迎。
身怀社稷先平瘴，
捷报英豪未显名。
忍把冰霜和泪看，
飞花万片冻琼瑛。

三

疫情肆虐动苍穹，
共济和衷火焰熊。
打虎未堪称猛士，
擒龙能不论英雄。

逶迤山泽万千态，
烂漫群花百样红。
若问莽原谁敢渡，
初心牢记立新功。

林立坤　福州市公安局民警。

盼　　归

——致敬福建卫健英雄驰援湖北抗疫

林永德　福建

真的勇士
敢于直面人生
逆天改命慷慨奔赴
拯救向死而生的人
没有人考虑出征换来多少荣耀
灾难降临
舍我其谁
一路向西奋然前行

没有出征前的豪言壮语
只有默默无语的眼神
纵有长发齐腰万般不舍
巾帼不让须眉
使命担当义无反顾
柔肩道义上
秀发能再长
生命只一回

我不是医者
愧不能冲到前线
救人抗疫扶伤
但仁心告诉我
你是中国的希望

诗行是我流淌的泪
愿此次历练你成长成熟

愿你我安好
我们共同以战士的姿态
托起春暖花开

为师犹悔不学医
愧学诗书几十年
唯愿大地春回
英雄凯旋东归

林永德　福建省作家协会会员。中学高级教师，漳州市优秀教师，漳州市第一批名师中小学学科带头人。2005年2月获首届全国语文教师基本功大赛一等奖。在《语文教学与研究》《读写月报》《福建教育》等专业报刊发表论文多篇。多次获得省级以上文学奖。结集出版散文随笔《乌石山下》。

大疆有爱（外一首）

觅雪者　福建

鸟儿急速掠过
似乎嗅到了病毒的味道

月光下的大街小巷
越发显得苍凉
料峭的寒风上了城头
落下一扇扇惶惑的目光

匆匆而过的行人
谁也不敢大口地呼吸
无形的敌人在何处
增添了恐惧

驰援的队伍来自四面八方
出征的步伐，踏上逆行的轨迹
无法丈量疫区的危险系数

威武的白衣战袍
义无反顾的背影
一幅幅无比壮丽的画卷
大疆有爱

英雄气概

巨大的网笼罩着天空
惊恐的目光飘上黄鹤楼
走近的清新停在半空

武汉乃至湖北的疫情
似乎关上了春天的窗
捂上亿万的嘴
这一切吓不倒英雄的武汉城
吓不倒亿万的中国人

从心底崇敬逆行的钟院士
和他为代表的白衣天使
明知山有虎，偏向虎山行的胆略
置生死度外的请愿书
那是何等的气概

他们的艰辛
不是三五句能够道尽
他们不仅艰辛
甚至献出了宝贵的生命
吹哨人李文亮走了
还有那些可敬可爱的人
细雨纷飞呵，山河同悲

这是一场战争
不需要华丽的辞藻

需要的是勇气和科学态度
需要的是中国精神

记住，一群热血的人
他们可歌可泣的英雄事迹
载入史册，铭刻心间

觅雪者 本名任捷，福建省作家协会会员，中国诗歌协会会员。著有诗集《推开一窗思念》《喜悦漫了过来》、小说《劲风吹过》等。作品入选多种选本。

召　　唤

——献给抗击肺炎疫情的福清人

王钦俤　福建

时间蔓延刺骨的寒意
每天刷屏猝不及防的疫情信息
急需物资频频告急
时时刻刻牵动玉融大地

新建医院选址设计施工
不分白天夜里
“福清速度”留下惊叹的神奇
逆行天使神态坚毅
病魔隔离，温情依旧延续传递

河仁慈善领衔捐出一亿
心若菩提再次在危难关头博爱演绎
日本华侨团购百万口罩，同舟共济
远隔千山万水，血脉流淌姐妹兄弟
草柄村支书凝重喊话穿透乡里
志愿者路口执勤，履行职责
谱写爱的奉献，生生不息

这是一场震撼世界的战役
走遍天下的福清人凝心聚力
守望相助，不离不弃
追梦新征程，我们永远在一起

王钦俤　福清市作家协会会员，供职于福建师大福清分校教务处。

凯旋武汉

崖　虎　福建

打出凯旋二字时，有一滴水滴在键盘上
它潮湿了指尖，潮湿到这个春天的每一个末梢
在这个春天，人们来不及问为什么
更来不及问，为了什么
只知道，这个春天里的武汉
必须有一个集结

那里的生命在呼叫
那里的考验，正敲打着华夏的未来
在那里，一整个国家在集结
用生命集结生命，用信念集结信念
每一双伸出的手，联结成一道新的长城
这道长城，站在火星之上，也清晰可见

就不说那无比漫长而艰险的一个多月了
就不说那些离别、那些危困、那些坚忍、那些悲悯
所有多余的字眼，都苍白无力
只需要将“凯旋武汉”，这四个字深深敲进脑海
升华为中华文明的图腾
融化到血脉里，代代相传

此时，键盘上的那滴水
已被指尖烘干，已成为

一股浩然之气
升腾入春天
生命的春天
——“凯旋武汉”

崖　虎　马江画院副院长，原《海峡诗人》执行主编。

控疫情（外一首）

郭香灼　福建

越过冬雪候春雨，
击败病毒尚有时。
众志齐心已成城，
三山拯救见奇迹。

战疫曙光

新冠病毒袭江城，
唤起国人抗疫情。
汉城遭难千家惦，
全国援助万里行。
白衣天使救患者，
春暖花开阴转晴。
坚持抗疫驱病魔，
同舟共济曙光迎。

郭香灼　笔名向竹，现定居福州。主要作品散文、诗歌，众多作品发布报刊上，曾多次获奖，出版散文集《相伴的日子》。现为中国散文学会会员、福建作家协会会员。

这是一个不一样的中国（外五首）

武宗凤　福建

静下来了，静下来了
一夜之间，从南疆到北国
从东海之滨到西域边关大漠
九百六十万平方公里的大地悄悄静下来了
这是一个不一样的中国

这是一次没有硝烟的战斗
十四万万同胞齐把家园守护
来犯的敌人是看不见摸不着的疫魔
咱们万众一心要把这看不见摸不着的妖魔赶走

这是一次悄无声息的战斗
它没有当年跟侵略者刺刀见红的刀枪肉搏
为了抵挡四处游荡的疫魔侵略
万户千家齐把自家的门庭坚守
这是一个不一样的中国

城市的广场从来没有像今天这么空阔
往日喧闹的十字街头从来没有像今天这么寂寞
而那曾经拥堵的街衢呀也从来没有像今天这么冷落
一座城蓦然间变得如此冷清陌生
这是一个不一样的中国

从城镇小区楼房的窗口到乡村农家的院落
万户千家的人们都自觉进了自家温暖的窝

一家人从来没有像今天这样齐齐整整地聚着呀
三四代人也从来没有像今天这样享受天伦之乐
这是一个不一样的中国

这个城就像发动机放慢了节奏呀
这镇镇村村就像转累了的机器要停下来歇着
这村村镇镇城城不就像一部大机器的构件吗
转快了，转累了，也很想停下来歇一歇呀
这是一个不一样的中国

慢下来吧，慢下来吧，我亲爱的祖国
你瞧吧，北国雪花在无声地飘落
你瞧吧，南疆春雨在淅沥地滴落
雪花雨滴像润滑剂呀注入了大机器般的我的祖国
这是一个不一样的中国
你歇好了吗，歇好了吗，我亲爱的祖国
很快地，很快地，春风将轻轻吹过
那暖暖的明媚的阳光下，疫魔将无处藏躲
你我他将走出家门，迎来新的生活
这是一个不一样的中国

我好想上前方跟你并肩战疫

我好想上前方跟你并肩战疫
但现实告诉你，这个想法不太现实
因为你从来没有学过医
这技术活儿不是谁干都可以
我们收下你的一片心意
在家好好待着，你就尽了最大的努力

那，既然上不了前线冲锋战疫
我好想加入你们志愿者队伍

但现实还是告诉你
志愿者队伍爆满，太多人要加入一时还轮不到你
我们理解你的一片情意
在家好好待着吧，咱们一起加油努力

真的，我好想好想参加这场战疫
我好想好想为社会做点儿有益的事情
只是救死扶伤你没那个本领
只是志愿服务眼下还排不到你
宅在家好好待着让病毒远离
不被传染不添乱，也算是咱给战疫出了点力

纵然我没能上前方跟你并肩战疫
在家我一点儿也不闲逸
想了解最新疫情，我打开电视
想知道朋友动态，我盯着手机
偶尔我也写首小诗在微信群展示
你在前线，我在后方，大家一起出力

我知道这是全民战疫
前方紧，后方也切不可麻痹
抗病毒，防入侵，家家把门户紧闭
你我他筑起一道坚固的防护堤
每一户每一家从点滴做起
拒病毒于家门外一点儿也不能大意

我知道自己没啥大本事
但我是十四万万同胞的一分子
我虽然不是英雄，干不出惊天动地的事情
我虽然不是人杰，挽不了狂澜，没能可歌可泣
只要咱十四万万同胞齐心又协力
就没有跨不过的坎呀，咱们一定能胜利

为什么我常常热泪盈眶

为什么我常常热泪盈眶
不是那风花雪月、花前月下的感伤
也不是那卿卿我我、呢呢喃喃的依傍
只因为在这危急艰难的时刻
我听到了，看到了太多太多的事啊，无限感叹
从视频中我看到了武汉协和医院医生李微微
你毅然把八个月大的孩子抱回娘家河南
母子别离，孩子那揪心的哭喊啊
牵动了多少人的心啊，感动了多少人热泪潸潸
李微微，你放心上战场吧
家乡一百二十六万人民是你坚强的后盾
这一声如热流暖过了多少人的胸膛
我又看到一辆公交车的车厢
坐着一位没戴口罩的大娘，她一脸茫然
你知道大娘她定是买不到口罩
你毫不犹豫掏出包里的口罩递给大娘
亲切地道了声，刚好我多带了一个
你说，一个口罩能值几个钱呀
我说，这一刻这口罩它胜过了黄金百两
我还看到飞往中国的特别航班
整个机舱没一个乘客呀，空空荡荡
各个座位上的“乘客”却是救援物资一箱箱
此刻的我呀虽说不出啥叫动地又感天
但我分明看到那不是冰冷的纸箱呀
那是一颗颗滚烫炽热的心在跳荡
我还看到东京街头的广告箱
最醒目的广告语是“挺住，武汉”
而运往中国的援助物资的箱子上呀

贴着同样醒目的字条
“山川异域，风月同天”“岂曰无衣，与子同裳”
暖暖的文字，暖暖的友情，暖暖的爱心
我分明感受到一衣带水的邻邦发自内心的祝愿
这感人的事呀一件件一桩桩
怎么数呀也数不完
它每一天每一时每一刻都在温暖我的心房
它呀，怎么能不叫我热泪盈眶
它给了我们每一个人无穷尽的力量呀
它告诉我们每一个人一定要打赢这一仗

有这样一群人

——献给奔赴疫区的解放军医疗队

人人都说军人哪能不带枪
在中国，军人却不带枪
只因为他们是人民的子弟

人人都说军人只管打仗
抗疫魔，战瘟神
火速奔赴疫区
抢救病患
却是他们神圣的职责

只因为对人民爱得太深太深
管它疫魔肆虐
管它瘟神疯狂
愿把生命献给
这没有硝烟的战场

只因为对人民爱得太深太深

忘了吃，忘了睡
忘了白天和黑夜
心中只有一个念头
快快救治每一位感染者

人人都说这世上有一群人最可敬可亲
只因为军帽上的五星
军服上的肩章
在时刻提醒着他们
把人民的安危记挂在心

人人都说这世上有一群人最可敬可亲
只因为他们和我们
不是亲人却胜似亲人
他们的身影啊
总是出现在最困难最需要的地方

我的爱与你同在，武汉

——一位坚守在战疫一线志愿者的自述

江城要封城了
一切都来得那么突然
来不及把眼角的泪水拭干
我迷茫地注视着我眼前这座心爱的城
我的爱与你同在，武汉

身旁的亲友们匆忙各奔西东
走还是不走？顷刻间我心中不再迷茫
封城就封城吧，我不走
这是我心爱的城呀，我的人生从这里起航
我的爱与你同在，武汉

这里有我熟悉的邻里街坊
这里有我并肩奋斗的同好同乡
这里有我眷恋的至爱亲朋呀
这里有我朝夕相伴的亲人
我的爱与你同在，武汉

多好多美多可爱的一座城呀
怎么就突然换了个模样
也许是上天嫉妒她的璀璨
也许她这一生要经受这场磨难
我的爱与你同在，武汉

这世间谁也不愿看到灾难
既然它来了，我们只能迎难而上
人都说苦难害了咱，但也磨炼了咱呀
大难过后将是凤凰涅槃
我的爱与你同在，武汉

无论你从地图上看，还是从天空中俯瞰
这美丽的三镇，武昌、汉口和汉阳
赳赳地雄踞在长江、汉江交汇的大江旁
这就是我亲爱的家乡大武汉呀
我的爱与你同在，武汉

这里有连着我的血脉的长江、汉江
这里有留存着我的青春记忆的龟山、蛇山
还有那黄鹤古楼放飞过我的童年梦想
这座城带给我的记忆刻骨铭心呀
我的爱与你同在，武汉

站在这里呀，我的眼前飘过那三千年历史的尘烟

我的耳畔传来知音的千古绝唱
那万里长江雄浑的江水在激荡着我的胸膛
还有那彩虹般的跨江大桥勾起我无尽的相思呀
我的爱与你同在，武汉

抒情长短句

——共和国的旗帜上飘扬着你们的风采

朋友，也许你读惯了那些有韵律的诗章
今天，我要跳出那些束缚和条框
只为，我的思绪能够天马行空般飞扬
只为，我的心潮能够大海汪洋般激荡
此时此刻呀我要发自内心地放声歌唱
只因为有太多的感人事迹常常湿润我的眼眶

小时候的我对英雄充满崇拜和敬仰
总感觉他们高高耸立在云端，在天上
在这次抗疫中，我看到了真正的英雄
他们就在我们的身边，就在我们的中间
他们是那么平凡，那么普通
但他们的事迹又那么让人鼓舞，让人感动

我看到，英雄的队伍走过来了
你们是解放军医疗队
在万家团圆的大年三十
你们出征了，目的地湖北武汉
你们要用血肉之躯
筑起一道新的长城
喝令残害百姓的疫魔快滚
有本事你就跟俺对着干
你们始终把人民的生命、人民的安危挂在心上

那是每日每夜哪一时哪一刻都不能忘的呀
我知道，你们从井冈山红军医院走来
我知道，你们从瑞金苏区医院走来
红军长征途中有你们抬担架的身影
华北抗日前线的民房里留下你们给伤员动手术的汗渍
你们中走出了傅连暲、白求恩
还有很多没有留下姓名的白衣战士
你们高擎着鲜红的党旗、军旗
从硝烟弥漫的战场走向新中国的建设
你们时刻没有忘记自己是从人民中走来
你们时刻没有忘记守护人民的安康就如守护自家的爹娘
你们是一支霜雪压不垮、雷电击不倒的英雄队伍
你们是一个烈火中诞生、硝烟中成长的钢铁方阵
因为，你们的血管里流淌着前辈殷红的鲜血
因为，你们的心灵上镌刻着先烈鲜红的印记
在湖北，在武汉，在抗疫的各个主战场
你们给成千上万被疫魔戕害的人们带来了生的希望
你们是当代最可爱的人
你们是老百姓愿意把生命托付的人
每当我看到国旗的时候，我分明看到
共和国的旗帜上飘扬着你们的风采

我看到，又一支英雄的队伍走过来了
你们中间既有驰援武汉、驰援湖北的白医战士
也有坚守在武汉、坚守在湖北的医生护士
你们心手相连
用血肉之躯抵挡疫魔的入侵
我看到，你们的队伍中走来了林巧稚、屠呦呦、钟南山
还有数不清的立志从医报国的巾帼和须眉
你们中还有刚走出校门的 90 后，00 后
你们的目标就是要跟入侵的疫魔决斗
每一间重症监护室都是一个堡垒

猖狂的疫魔就是架在堡垒里的机枪在吐着火舌
你们早已把生死置于身后
朝着疫魔一声怒吼
有种的向我开火，不要伤害无辜
这一刻，你就是《英雄儿女》中高喊着“向我开炮”的王成
这一刻，你就是扑向敌人碉堡堵机枪眼的黄继光
这一刻，你就是托举炸药包的董存瑞
谁说英雄只能诞生在风烟滚滚的战场
在这场没有硝烟的战斗中
我真切感受到英雄离我们很近很近
虽然我没能看清身着防护服的你的真容
但真切感受到你每完成一次任务那内心的激动
你看，那治愈出院的患者手持鲜花向你鞠躬的画面
你看，那一家接一家方舱医院门口你的笑脸
你看，那一个又一个地区确诊病例数字清零
不就是你们在这场抗疫战斗中取得的真真切切的战果吗
这，就是你们的辛劳、你们的汗水、你们的牺牲
换来的实实在在的收获
你们的无私付出、你们的英勇献身
让我分明看到了共和国的旗帜上飘扬着你们的风采

我看到，再一支英雄的队伍走过来了
你们散落在每一座城、每一个小区、每一个村庄和角落
不要问你们年老年少，不要问你们干何职业
也不要问你们来自何方
你们只有一个念头
用自己涓滴的汗珠汇成爱的磅礴大海
站在你们队列最前头的是班长雷锋
他身后的队伍长得望不到尽头，何止一个班呢
今天，咱们国家有了难处，咱们兄弟姐妹有了难处
你说，你能不出点力吗？
不论在哨卡岗点测体温、做登记

还是在车站搬大小物件
还是往超市运食品果疏
还是向医院送被感染的患者
你们忙得不分白天黑夜
你们累得忘了三餐
你说，你不要任何报酬
只要能为这次抗疫出点力就是最大的心愿
只要能成为一名志愿者就是最大的荣光
听着你们铮铮的誓言
看着你们忙碌的身影
我分明看到共和国的旗帜上飘扬着你们的风采

在抗疫的这些日日夜夜
我看到、听到的感人的事例太多太多
它们常常让我泪眼婆娑
它们常常让我辗转难眠
我为这次抗疫中涌现出这么多英雄感到骄傲，感到自豪
真是磨难出英雄，苦寒花自香呀
正是这些平凡的英雄
让我们看到共和国的旗帜代代有人高高擎着

武宗凤　福建省作家协会会员。1949年出生于福建福清渔溪镇，祖籍仙游。1966年福清虞阳中学初中毕业。当过知青、工人、教师。20世纪90年代初以来陆续发表文学作品，已出版长篇小说《墙》《大冲动》。

逆行而上（外一首）

姚玉霞　甘肃

哨声整理姿容
逆行而上的胸膛
火焰般炽热汹汹
雨
盈满除夕的眼眶
霓虹闪烁最美的光芒
以无畏的责任与担当
海
在一方热血中前行
一路洒落震撼的芬芳
天使的翅膀将要飞翔
抵达远方
没有硝烟的战场
也许会有雾霾阻挡
魔鬼挥舞着利爪嚣张
一线的边缘亦是深渊
但焦灼的暗夜
渴望阳光
一脉相承中血浓于水的兄弟
灾难当头
并肩齐上战场

无　题

沉寂如同深渊
坠落幽灵的叹息
死亡裹挟于风
在武汉疫情的蔓延
死之痛，于生
满目荒草凄然疯长
天空跳动晶莹的闪光
雪
不合时宜地降临
玻璃窗在沉痛中眺望
孤城溢满哀伤
而春天拒绝寒凉
驰援
涌来八方暖阳

姚玉霞　甘肃兰州人，本科学历，家教老师。文字散见于《兰州晨报》《兰州晚报》《陕西教师报》《北极光》《东部文学》等刊物。

吹口哨的樱花（组诗）

杨智源　广东

方舱落日

此后的数十年
注定被这轮落日照亮

虽然彼此不知姓名
但他们如此贴近，像极了亲人
年轻的站着，手指太阳
年老的躺着，哼着昔日的歌曲

过不了多久
他就会病愈出院，然后离开
但那天落日的温暖
一定会被他折叠起来
深深藏进生命里

吹口哨的樱花

一朵珞珈之樱
站在寒夜的穹顶
站在冬春交接处
有子规一样的警醒

当他听到长江和汉江
听到黄鹤楼和楚天台

在彻夜咳嗽
第一个吹响了口哨

忙碌的人们
没有停下脚步来细听
没把他的呼喊
放在心上

这个最冷的春节啊
那么多花，还没等来春天
就仓促凋谢了

三月终于来了
春花终于盛开了
但每朵鲜艳的花上
仿佛都有他啼血的痕迹

离　　别

原谅我，母亲
原谅我，亲密的爱人
原谅我，睡梦中的孩子
为了不让你们担心
我悄悄踏上南行的列车

武汉在咳嗽
整个湖北在咳嗽
那些远方的亲人
在黑夜里恐惧、颤抖

而我是医生，是护士

必须站出来，和伙伴们一起
带上行囊和誓言
极速抵达江城

当太阳到达的时候
我们同时到达
我们要用阳光般的温暖
告诉湖北：别怕，我们来了
我们是北京，是上海，是广东，是江苏
是山东，是浙江，是湖南……
是你们最亲的亲人

冬天一定会过去
就像春天一定会到来
母亲、孩子，我的爱人
待到山河无恙
我采束珞珈山的樱花
献给你们

城市与春天

我们戴着护目镜、口罩、胶手套
我们败给了一只小小的蝙蝠
我们仓皇撤退

把自己隔离在玻璃后面
拒绝与一切交谈
鼻子闻不到花香
双手觉不出冷暖
眼睛看不清太阳

在恐惧和怯弱的时候
总有鸟在风中逆行
谁会想到，这个寒冷的季节
最令我们感动的是白色

那些穿白衣的人们
前赴后继，守住了生命的关口
把那些快要被大风吹进黑暗的人
一个个拉回来

我听到有人哭了
听到许多人在泪水奔流
这些涌自内心的液体啊
最有热度，最能融化覆盖我们的冰霜

你听，树林在爆芽
燕子在呼唤每一朵花的名字
没有戴口罩的风筝
五彩缤纷地升起
飞过了城市的楼群

杨智源　广东省作家协会会员，中国诗歌学会会员。作品见于《诗刊》《人民日报》《诗选刊》《星星诗刊》《诗林》《绿风》《芒种》《延河》《江河文学》《北极光》《扬子江》诗刊等刊物。有作品多次入选年选。

天使的印记

孙　虹　广东

摘下口罩的一刻
一条条殷红的印痕
爬上你秀美的脸庞
那是连续奋战的记号
一双无数次在
胶手套、消毒液、洗手液
来回穿行的手
裂出了一道道斑驳
那是战“疫”的痕迹
那是“天使的印记”

你的眼中布满红血丝
却写满坚定与从容
你是这寒冷的春天里
绽放的水仙花
面罩遮住你的美丽
防护服却隔不住
你芬芳的心
如果人间有天使
她一定是你的模样
你是春天里最温暖的使者

若有战，召必回
请战书上
那一个个红色的指纹
交织成一颗颗

书写人间大爱的红心
汹涌袭来的疫情
挡不住你主动请缨的勇气
告别丈夫
放下孩子
唯独不敢告诉父母双亲
万家团圆的时分
守护安康
就是你“医”不容辞的选择
戴上面罩，披上防护服的那一刻
我看不见你的眼泪
我却知道
你是春天里最美的逆行者

世界以痛吻我
你以微笑回报
待到春暖花开的时节
我要握着你皴裂的手
一起欢呼击退疫情的胜利
我要为你疲倦的笑脸
抚平那一道道
天使的印记

孙　虹　广东省中山市作家协会副秘书长。

风中的木棉

钟　兴　广东

除夕夜有些许寒风
吹拂着那木棉树微微摆动
明知道
那花蕾不久将要绽放
在风中
你带着微雨
毅然踏上征程

那一年
我还记得你的模样
那一年
我还留有你的背影
那一年
木棉花已经开过
那一年
木棉树也摇曳在风中
那一年
我们刚刚准备牵手
那一年
汶川却突然地震

这一回
你等不及木棉花绽放
这一回
你最爱吃的马蹄糕还在口中
这一回

宝贝还想在你怀里撒娇
这一回
你又毅然奔赴江城

我想亲亲你的小嘴
口罩却隔断了你的体温
我想拥抱你羸弱的身体
身上的防护服
让你变得如此臃肿
你决然向前
挥手之后
留下你逆风而行的背影

武汉不太远
江城有点冷
木棉花开时
你一定凯旋回花城
我们再过一次节
回来再补一次年夜饭
我带你去“小蛮腰”
数星星

钟　兴　江西赣州人，《花都湖》文学杂志副主编、广州市花都区作家协会副主席。中国散文学会会员、中国报告文学学会会员、广东省作家协会会员。其作品获得“第三届广东省散文奖”“首届冯梦龙杯短篇小说奖”“2015年度雨花阅读奖”等奖项。

致敬白衣天使（外二首）

——献给战疫一线的巾帼英雄们

蓝桂义　广西

战争让女人走开
可现实中女人正在走向战场

历史上
木兰替父从军
贞德为法兰西而战
南丁格尔奔向克里米亚战场
而今我们的国家和民族正面临
一场没有硝烟却有牺牲的特殊战争

疫情就是命令
防控就是责任
为打赢这场狙击新冠肺炎的战“疫”
上善若水，尽责担当
首先发现新冠肺炎病毒
湖北省中西医结合医院
呼吸与重症医学科张继先主任来了
医术高超，国之栋梁
国家卫健委高级别专家组成员
传染病诊治国家重点实验室主任李兰娟院士来了
抗击“非典”功臣，研发埃博拉疫苗
带领中国炭疽化武防御领先世界
军事医学专家陈薇院士来了
肩负重任，不惜生命
南京市中医院防治新冠肺炎工作小组组长徐辉来了
倾尽所有，初心不改

明星韩红义捐来了
抛家别子，义无反顾
武大医院“光头护士”单霞请缨来了

在抗击新冠肺炎的战壕里
跃动着你们最可爱最美丽的身影
以一身白盔白甲
挡住了死神肆虐的脚步
用柔韧的身躯和宝贵的生命铸筑
一道道生命的防线
倒下的，永垂不朽
站着的，继续战斗
前仆后继，英勇无畏
把生的希望送给别人
把死的危险留给自己
用生命捍卫生命
用热血书写忠诚

正是因为有了无数
不问生死
铸造大爱的巾帼英雄们
投身到这场
全民阻击新冠肺炎战“疫”中来
今天的祖国母亲
才会在微笑中双眼噙满感动的泪花

致敬英雄的白衣天使
以祖国的名义

沁园春·抗疫礼赞

亥子交春，
天笼霾罩，
地绕瘴缭。
看鄂荆染疫，
黎民惊悚，
新冠病毒，
肆虐滔滔。
逆行英雄，
临危集结，
利剑江城斩疟妖。
联防控，
靠全民战疫，
责任肩挑。

中央良策施招，
引无数英雄斗志高。
看柔情天使，
仁心医士，
三军舍命，
共克瘟潮。
举国驰援，
侨胞鼎助，
利禄功名身后抛。
靖瘟日，
看山河锦绣，
分外妖娆。

英雄何惧裹尸归（桂柳山歌）

男：好久不见妹的面，大年三十难团圆。
年饭未吃泪先下，想妹一天又一天。
女：妹久不同哥相见，只因阿妹上前线。
自从武汉得病疫，白衣天使去支援。
男：广西湖北是一家，支援武汉没二话。
争当广西第一人，接到命令就出发。
女：抗击病魔靠大家，你帮我来我找他。
全国上下一条心，世界仰视我中华。
男：哥心牵挂大武汉，心潮好比大浪翻。
一牵前线妹安危，二牵人民受磨难。
女：哥不忧来哥不哭，抗疫妹穿防护服。
全国人民援武汉，一人跌倒万人扶。
男：一线医生最辛苦，汗水湿透衣和裤。
不顾吃饭和喝水，休息病房睡地铺。
女：妹在前线勇担当，摇身一变断长发。
不涂口红不画眉，堪比从军花木兰。
男：一线医护出大力，上班还穿尿不湿。
面对困难迎刃解，抗击病魔创奇迹。
女：病房医护走泥丸，舍生忘死排万难。
鬼门关里耍大刀，定叫死神把命还。
男：城墙不固易摧毁，病毒是颗大地雷。
防范措施不做好，几多患者命难归。
女：抗击疫情党号召，各项措施得落实。
钢筋水泥固好坝，洪水难冲三峡堤。
男：医护抗疫担使命，雷厉风行真如神。
舍家驰援大武汉，无私精神贵如金。
女：哥在后方也不差，忙完宣传忙检查。
为国分忧作贡献，抗疫山歌传万家。

男：祖国遭灾哥悲伤，同胞蒙难妹断肠。
前线后方齐努力，打败病魔保平安。
女：湖北广西一家亲，不容病毒害百姓。
壮乡华佗上前线，支前还有众乡亲。
男：武汉同胞莫用愁，安心防护莫乱走。
病魔无情人有情，援汉物资样样有。
女：哥援灾区付真诚，乐捐香米八千斤。
捐米捐菜还捐果，美德感动妹芳心。
男：夜里孩儿找妈妈，手机视频来通话。
见人披袍又擐甲，难认哪个是亲妈。
女：愧对父母愧对娃，老母过世难披麻。
自古忠孝难两全，先忠祖国后孝妈。
男：哥妹抗疫作贡献，不图名利不图钱。
只图国泰民安康，中华大地艳阳天。
女：抗疫同心比翼飞，个个争当突击队。
即使中毒被感染，英雄何惧裹尸归。

蓝桂义　壮族。中国纪实文学研究会会员，广西诗词学会理事，南宁市作家协会，上林县作家协会主席，徐霞客文化研究会驻会副会长。作品散见于各级刊物。

逆（外一首）

李海君　贵州

往往少就是精华
始自点燃
立于激流的汹涌
一声哨响，磐石无转移

追根溯源
围剿黑夜的黑
电光火石间，较量无声

身披铠甲的勇士
一手承接重负，一手掀开黎明

愈

罩住原为护佑
迫在眉睫的逼不得已
风暴之猛慑于雷鸣之火

派遣、抗击、抢救和补给
超级免疫力已启动，潮水渐平

人间烟火悲壮

恢复元气的春天，报春初绽
没错，关山飞渡
一切过往，皆为序章

李海君　贵州人，警察，有作品载于《中国诗人》《诗歌周刊》《贵州作家》《贵州文学》《北方文学》《西部文学》《山东诗人》《中国小诗》《淮风诗刊》《贵州都市报》等报刊。

羽毛球（外一首）

黄昭龙　海南

羽　毛　球

我和爸爸打羽毛球
我一挥球拍
球就打到了爸爸的嘴巴上

我觉得
是爸爸的话太多了
羽毛球都听烦了

它撞到爸爸嘴上
说，闭嘴
防新冠

医 院 方 舟

十天，是变一个魔术的时间
因为有病毒的压迫
方式才需要改变

用闪电的快捷
在工地轰鸣声的笼罩下
医院的红十字成型

雷神的威严齐天

火神的火焰燃烧病魔
为了防止痛苦快速蔓延
黑发和野草一夜消失

带着拔地而起的惊叹
让荒地变成医院
这是上天的魔术
也是人间的奇迹

从全国来的奋斗者
用生命对接信念
用黄土
变成金

随之出现的医院
依旧是拥抱
用秒表拼搏的未来

黄昭龙　蒙古族，2011年出生。海南创意文学院小禾写作学员，海口市秀峰实验学校三年级学生。有三百余首篇诗歌、散文诗、散文、寓言发表在《星星》《绿风》《扬子江》《散文诗》《海外文摘》等文学报刊及中国诗歌网、天涯在线、凤凰网、今日诗坛、四川文化网、海南文化网等百余家知名平台。获《红豆》杂志“小作家杯”华语大奖赛优秀奖，扎龙诗会优秀奖，文昌清澜国际诗歌大奖赛优秀奖，中国诗歌艺术少年奖，第二届“平乡好人杯”全国新诗大奖赛三等奖、特别奖，海南中小学生征文现场决赛优秀奖等。

春　　寒（外一首）

王　莉　河北

雪本是冬的名片
不知道是谁
把它偷偷塞进了春的衣衫
春冻得瑟瑟发抖
迟迟不肯露面
雪对春招了招手说
再见
我要走了
这里不属于我
冬才是我的家园
你快出来吧
多少人在对你翘首期盼
你来了
寒冷就会过去
人们才能兴高采烈地走上街头
迎接温暖明媚的每一天

为　了　谁

——敬赠白衣天使

我不知道你是谁
可我知道
你也是妈妈的女儿
临行湖北
妈妈拉着你的手泪如雨下
不要惦记妈妈

保护好自己
妈妈等着你凯旋
妈妈
等着我回来
还陪您去打太极拳

我不知道你是谁
可我知道
你也是女儿的妈妈
出发武汉
女儿搂着你的脖子恋恋不舍
妈妈不要走
我想你了怎么办
对不起女儿
我得走
那里有很多生病的孩子
最小的不到三十天
想妈妈了就看看照片
给妈妈手机留个言
等妈妈回来陪你去幼儿园

我不知道你是谁
可我知道
你也是丈夫的妻子
奔赴疫情
丈夫吻着你的额头依依惜别
平安归来
我包一年的家务
平安归来
以后家里都你说了算
等我回来
一起迎接美丽的春天

我不知道你是谁
可我知道
你为了谁

王 莉 1972年生，笔名蔷薇花开。就职于河北省赤城县水务局。

等 玫 瑰

陈猛猛 河南

这是一个寂静的春节
所有走亲访友被疫情淹没
永留心间的奉献之白
成为无法忘却的色彩
生命重于泰山，防控就是责任
白衣天使为抗疫鞠躬尽瘁
使惊慌的神情不再恐惧

居家隔离的普通大众
安安生生不出去就是贡献
一家人团团围坐火炉旁
谈论天气、疫情动态和武汉
虽然道路暂被封锁
但我们和武汉人民的心
是如此紧密地连在一起

一切的不安都只是暂时
一切的焦虑也终将过去
肆虐病毒在爱的旗帜下
一定会在春天里分崩离析
就让无比和煦轻柔的春风
为等候于窗棂前许久的白鸽
盛放出英雄武汉的第一朵玫瑰

陈猛猛 现供职于洛阳市嵩县人民政府办公室秘书科。工作之余喜欢读书和写作，有作品见于网络和报纸。

爱你不是因为这是春天

薛颖珊　河南

最美的情话不过临走前丈夫的泪目
“你平安回来，我包一年家务”
最深的感情不过他们隔着一层玻璃
深情一吻
却穿透了生死别离
最忠的真心不过携你永生
“我要一直陪着你”
他们走过了半个多世纪的疲惫
相守的信心弥留二〇二〇年

谁能拥有这样璀璨的爱情
在荒芜的春天，在寂寞的空巷
为对方撑起阳光，架起春天

情人节的思念环抱山河
二月春风剪断了相见
却织牢了一生的因缘
因为有你的地方
就有春天
就有执念
就会战胜一切

薛颖珊　笔名珊烛，00后，文学爱好者，信阳师范学院大一在读学生。渌水诗社社员，露天文学签约作家。

逆行者的嘱托（外二首）

布日古德　黑龙江

回家，在心里
做过无数次祷告
这一个夜和那一个夜
只有月亮像一条板障子
隔离阴阳

背对身子的
是我诗里的护士长苗苗
苗苗心里祷告的
不只是一句简单的回家
苗苗还有一个声音
哥，万一在武汉我光荣了
你每年的正月初九唱一次
《我的家在东北松花江上》
道外港务局、江畔路的拐弯处
点上四十九根蜡烛
三十八根白的、十一根红的
记住不用打火机
千万千万用
呼兰火柴！

为武汉点赞

黄鹤楼屹立在那
黄鹤楼是武汉的象征
长江大桥横跨长江
长江大桥是武汉的象征
九头鸟在人们心中飞着
九头鸟是湖北的象征

武汉，人灵地杰
武汉，地阁方圆
武汉，天庭饱满
武汉，五十六个民族
心中的武汉

突然爆发的疫情
武汉人没有倒下
睿智、英勇的武汉人
攥着拳头在各个角落
保卫武汉

看，那些大街小巷的志愿者
看，那些雷厉风行、敢打敢冲的
解放军战士、武警官兵、公安干警
看，那些奋战在医院第一线的医生、护士、专家
看，关键时刻冲上前去的“三八红旗手”、共产党员

看，来自全国的亿万双手和手机上的微信
武汉，我们和你在一起
为战胜冠状病毒，奋斗，加油

写一曲英雄赞歌
为推迟婚礼的医生、护士点赞
为提前归队的武警官兵、解放军指战员点赞
为大年夜奋战在医疗岗位上的医护人员、专家点赞
为站在街头巷尾的老大爷、老大娘这些志愿者点赞

写一曲英雄赞歌
为立下军令状、写请战书的英雄点赞
为默默无闻、忘我工作的专家点赞
为那些舍生忘死与病毒较量的勇士点赞
为来自中南海的支持点赞

武汉，你是花开四季的武汉
武汉，你是荆楚大地上一颗明珠般的武汉
武汉，你是神话里的天堂
武汉，你是十四亿中国人的武汉
我们不会倒下，我们有足够的勇气和信心向死而生
武汉，全国人民都是你的后盾
十四亿中国人一起为你
——我们的武汉，加油，点赞

写给钟南山院士

昨天我看你
噙着泪水
为了我们的骨肉同胞
十七年前你一次次往返于
广州、北京、小汤山之间
今天，大敌当前
你再一次深入武汉前线望闻问切
你又一次在这个庚子年
不顾安危，将生死置之度外
从广州、北京飞来
八十四岁，一棵青松
风雨中面对雷暴

布日古德 蒙古族，黑龙江哈尔滨人。中国少数民族作家协会、中国诗歌学会、中国音乐文学学会、吉林省作家协会、黑龙江省作家协会会员。作品在《诗刊》《北方文学》《诗林》《词刊》《内蒙古日报》《草原》《中国财经报》《中国文化报》《中国青年报》《解放军报》《贵州日报》等报刊发表并获奖。著有诗集《苦楚》《鹰》两部，代表作《长征三部曲》《黄河三部曲》《红海滩》。

走，咱们回家（外一首）

霍宝银　黑龙江

无数次流泪
今天，再一次泪如雨下
只为了这一句暖心的话
走，咱们回家

看似平常的一句话
让我想起了慈祥的妈妈
就像儿时顽皮的我
受了欺负挨了打
妈妈总是为我擦干泪水
拉着我的手说
走，咱们回家

看似平常的一句话
让我想起了心中的他（她）
危急时刻冲在前线的你
在天堂还好吗
心爱的人啊
你怎么会就这样
忍心把我丢下
无数个夜里我都在等
等你再说一句
走，咱们回家

看似平常的一句话
让我想起了最美的医者

一身白衣逆风而行的你
在最危险的地方
夜以继日与疫魔厮杀
我们在等着盼着
明天凯旋的你们
手捧鲜花
一个不少走出医院
和所有的康复者一起欢呼
走，咱们回家

看似平常的一句话
让我想起了长眠在朝鲜的无数英烈
保家卫国的你们
是祖国最深的牵挂
在异国的土地上
你们等待了六十多个秋冬春夏
放心吧英雄
如今的祖国已如您所愿
我们可以欣慰地说一声
英雄们
走，咱们回家

看似平常的一句话
让我想起了伟大的祖国
她惦记着在外的你
怕你身在异乡
睡不好吃不下
怕你遭受日晒雨淋
风吹雨打
从硝烟战乱的也门
到局势动荡的叙利亚
从尼泊尔八级地震

到以色列大火烧抵城下
每次你身陷危急的时候
祖国母亲
总会第一时间来到你的身边
伸出温暖的手
慈爱地说
孩子，别怕
走，咱们回家

冬已尽
春将至
无情疫魔终退却
神州处处绽芳华

走，咱们回家
不管再远
也要回去看看
年迈的爸妈
看看他们满头银发
听听他们唠叨不完的话
陪他们酌一壶老酒
陪他们品一盏清茶

走，咱们回家
挽上爱人的手
来一场
策马走天涯
抑或采菊东篱下
去看古道西风瘦马
去看小桥流水人家

走，咱们回家

带上孩子
去看黄河的雄浑
去看长江的博大
登临长城的豪迈
一览祖国江山的
壮美如画

走，咱们回家
去看北方的万里雪飘
去看南国的一世桃花
去看泰山磅礴的日出
去看海边渐落的晚霞
去看国旗在天安门冉冉升起
去看新春佳节腾空的万簇礼花

此生无悔入华夏
来世还做中国娃
走，咱们回家

我们出征

多想摘下口罩
看看你疲倦的面容
因为我还不知道你的姓名

多想让时光暂停
让你做一个香甜的梦
又怕耽误了你前进的行程

多想喊一声珍重
泪水再次红肿了眼睛
我知道

疫情下的生命不能再等

来不及告别
因为你是医生
出于对生命的尊重

来不及送行
因为国家召唤
你肩上的使命无上光荣

你是父母的心头肉
他们怎会不心疼
你是家里的顶梁柱
有你这个家才完整
你是孩子的保护伞
在他的心目中
你是顶天立地的英雄

理解你的决定
因为疫情就是命令
尊重你的决定
因为无数个家庭
致敬你的决定
因为你和千万个逆行者一道
去守护一方安宁

因为人间有爱
我们出征
因为黑土有情
我们出征
因为湖北有难
我们出征

因为国家需要
我们出征

请记住
这些坚毅的背影
一袭白衣
如雪中的精灵
向着湖北
义无反顾
逆风而行

请空中的雪
岭上的风
与二十二万人民一起
为我们的卫士
高歌壮行

霍宝银　1971 年出生于黑龙江省江滨农场，从事政工工作多年。任职于黑龙江北大荒集团总公司宝泉岭分公司（管理局）政法信访办公室。

我们等你回家（外一首）

孙长波　黑龙江

武汉疫情突然爆发
病魔肆虐我中华
我的兄弟姐妹
逆行英雄
披挂上阵
生死不怕
无论生死
无所惧怕
不计报酬
保国卫家
血肉之躯啊
筑起长城
防控疫情
啊，医护天使
你是天空最美的霞
啊，医护天使
你是世界最美的花
连续作战不叫苦累
剪了头发更潇洒
春天将至
风景如画
我们祈盼你早日回家
灿烂的朝霞美如画
缤纷的世界绽放新花
我的兄弟姐妹
逆行英雄

我们静静地等你回家
啊，医护天使
你是天空最美的霞
啊，医护天使
你是世界最美的花

拥 抱 春 天

庚子春节注定不平凡
新冠病毒突发在武汉
一场没有硝烟的战争
蔓延在神州大地
党中央决策部署
英明果断
举国上下
全民总动员
号角已经吹响
使命勇于担当
前方抢救病患
后方保卫家园
人民群众以静制动
固守阵地
党员干部义无反顾
走向前线
防控队伍意志坚定
不畏困难
他们中走来一队队政协委员
血肉之躯筑起一道道铜墙铁壁
每一个角落都闪现着大爱奉献
阻隔病毒
坚守卡点不惧严寒

封城封路不封心
人民勇士
护卫着生命的尊严
看
领导带队冒雪走向卡点
严寒中带来了温暖无限
听
委员们手持喇叭
把防疫措施宣传
在路上
在街道
在小区
在检查站
日夜奔波不知疲倦
上传下达
深入基层
深入群众
只为打赢前所未有的疫战
细心盘查，阻断疫情扩散
众志成城
保卫人民平安
一个个画面让我流泪
一个个故事让人感念
寒冷的只是季节
无疆大爱把隔离着的人们温暖
怒吼的黄河会记住
这力挽狂澜的时刻
奔腾的长江会写下
防控阻击战的壮美诗篇
黑暗必将过去
黎明就要到来
东风吹开冰封

阳光依旧灿烂
群策群力
共克时艰
联防联控捷报频传
让我们一起迎接胜利的曙光
展开臂膀
拥抱美丽的春天

孙长波　1965 年 7 月生，现为黑龙江省汤原县工业信息科技局驻汤原县吉祥乡华丰村扶贫工作队队长、第一书记。黑龙江省楹联家协会会员、汤原县政协委员。

你的身影（外一首）

岳静华　黑龙江

为什么
我的眼中总是泪光闪闪
是因为
你出征的身影定格在眼前
为什么
我的目光总是凝望远方
是因为
你义无反顾奔赴的方向
这一去
就是山高水长
征途漫漫
这一去
就是冲向看不见的炮火硝烟
与疫魔决战

你不顾生死
不怕困难
坚守在与疫情搏斗的最前沿
与时间赛跑
与病毒较量
将无数生命之火点燃
你是人间天使
抚慰一颗颗受伤的心灵
你是逆行的勇士
带来必胜的信心和力量
你赴汤蹈火

奋勇拼搏
用血肉之躯
筑起一道守护生命的防线

你顽强的身影
一直让我深深感动
刚毅与忠诚
写满你疲惫的面容
辛苦与艰难
自己默默地扛在肩
汗水湿透衣背
你为了兄弟姐妹
无怨无悔
看着你辛劳的身影
我泪水奔涌
你是春天最亮的风景
让生命的诗行
放射出耀眼光芒

许多年前
我就无比崇拜英雄
手握爆破筒，跳出战壕的王成
高举炸药包的董存瑞
用胸膛堵敌人枪眼的黄继光
一个个英雄的身影
定格为我心中的永恒
而如今
在这没有硝烟的战场上
疫魔再猖狂
也要缴械投降
你与疫魔殊死搏斗的顽强
让我看到了

新时代英雄的形象

你的身影
矗立成一座伟岸峰峦
你的目光
清澈了早春的整个天空
你用无私无畏
演奏生命的壮美交响
用不变的初心
诠释了大爱无疆
传承共产党员的伟大梦想
用青春和热血
书写气贯长虹的爱国豪情
勇担使命，脚步坚定
用责任和担当
挺起中华民族的脊梁

春天的脚步

春天的脚步
怎会姗姗来迟
只因那场突来的风暴
来得很猛
来得气势汹汹
来得让人措手不及
使这个冬天格外漫长
使节日失去鲜亮的模样
春天的脚步
还有美好的约定
在冬天的身后冻结

料峭的寒风
挡不住春的萌动
一场春雪
为大地披上洁白的衣裳
为何不是春雨
化作涓涓溪流
滋润山川大地
绽放枝头嫩绿鹅黄
让碧空清新如洗
让空气新鲜
让人们的呼吸
也舒畅无比

春风吹来
春天的脚步近了
但还没有花的海洋
鸟的鸣唱
江城内外
寒风还在呼啸
一批批精兵
一队队勇士
如黑夜里闪亮的星
从四面八方汇聚
将江城的夜空点亮
把温暖送到每个人心里

一声惊雷
携一场春雨
化作激流万里
演奏出
众志成城的铿锵乐曲
奔腾在清晨

回旋在夜空
驱散魔鬼
揩去泪水
冲破冬天的镣铐
魔鬼仓皇而逃
生命的旗帜高高扬起

风停了
雪住了
阳光以永不熄灭的热情
照亮每一个角落
春天的脚步
催生出万紫千红
生命的花蕾
绽放在春的枝头
神州万里
舒展坚强的臂膀
华夏大地
又一个崭新的世界

岳静华　女，黑龙江省嫩江人，中国共产党党员，教授级高级政工师，黑龙江省工会干部学院客座教授，哈尔滨工业大学特邀专家。曾任七星泡农场教师、监察科长、纪委副书记、党委委员组织部部长、九三工会副主席。中国文字著作权协会会员、中国散文学会会员、黑龙江省作家协会会员、北大荒作家协会主席团委员、九三作家协会主席。散文《读书的幸福》获黑龙江省总工会、省图书馆征文一等奖;《明月千里寄相思》获北大荒浓情黑土地网络征文大赛金奖;多篇散文收录于《北大荒作家百篇散文集》、《北大荒文学新作品选》;先后出版散文集《那天》《谛听》《枫韵》;主编《九三文学作品选》等书。

为一座城市祈福（外一首）

刘怀远　湖北

没有理由不为病中的你心焚
那座城在我心里矗立成母亲
不是那里居住着我的母亲
而是那座城市已成为我的娘亲

我不是她亲生
可身上烙有她给的胎记
她不是我的亲娘
但无论走到哪里
输送养分的脐带
总能连接到我的身体
吮吸了三十多年汩汩流淌的长江和汉江
我情人般爱着一座母亲般的城市

此刻，那座生病的城市里
冷清的街衢是对峙的战场
最可爱的人在和瘟神战斗
白衣天使
城市的守护神
冲锋陷阵的英雄们
为了万家灯火
奋不顾身，舍生忘死
他们让那座城
更高大，更巍峨，更传奇

此刻，那座生病的城市里
我的亲人和朋友一定很好
我的老师和同道一定很好
我的同饮两江水的兄弟姐妹一定很好
祝福他们安康，也希望他们静心宅居
清晨，和朝阳一起醒来
舒展腰腿，活动筋骨后读书学习
夜幕降临，在 QQ、微信、抖音、快手、斗鱼后
不需要默数星星和羊群就能酣然入梦

此刻，我望着那座母亲般的城市
如一条蚕回望千丝万缕的茧
此刻，我没能和你站在一起
千里之外，却更能看清你的刚毅坚强
此刻，如果天空中有一羽白鸽
朝着长江和汉水交汇的方向翱翔
那就是从我心中放飞的祝福
此刻，虽然我想和你并肩担当
但我也只能在故乡小镇静坐祈祷
面向那座即将春暖花开的城市大喊
武汉，你好
武汉，必胜

爱

武汉的天空
一下多出亿万颗星星

亮晶晶，亮晶晶

亮晶晶，亮晶晶

那是来自四面八方祝福的
眼睛

刘怀远 武汉市第十、十一届签约作家，武汉临空港经济技术开发区作家协会副主席，有作品被《小说选刊》等转载。

守住人间秩序（组诗）

颜　英　湖北

乌云压城

乌云压城，你能看到的黑夜有多深
长江咆哮，黄鹤哀鸣
潘多拉魔盒一打开，小小的病毒
如黑色的种子，植入鲜红的肺叶

来不及思考，等不及扣问
病毒冲乱武汉期待的生活秩序
鲜活的生命，彩色的春节
静止成黑色的恐惧

封　城

芸芸众生，是更多细小的涟漪
静止成一条河流
大江日夜奔流，也是无声的
围城的寂静
无数支流汇聚，又怎会是寂寞

武汉的喧嚣，掉光了叶子
在湖北怀里嘤嘤暗泣

封一座城
那些钢铁般意志的守护者啊
我们隔着生与死
也隔着一个春天的距离

武汉在夜空下熟睡，偶尔亮起的灯盏
恍如一阵疼痛
我的城市病了，可我依然爱她
此时，悲伤如山水迢递
仰望满天星辰
这不是人间的隔绝，这是人与人
人与世界的融合重叠

病毒的攻克只窥得冰山一角
援驰正义的大旗，已在显露峥嵘

逆　　行

神秘，存在于冥冥之中
去探寻，去打破，靠着平凡与伟大

我看到一座八十四岁的大山，高过群峰
一个老人的眉头，在灯光下紧皱
目光如炬，心怀悲悯，日日面对魔鬼
他说，武汉是英雄的城市
他坚信一切都能重新站起

生命庄严，春日慈悲
更多逆行的施爱者，正降下一座城的温度
拒绝恐慌，拒绝逃离
为安全而冒险，为光明而逆行

对病毒，我们咬牙切齿地恨
对英雄，我们热泪盈眶地爱

三山耸立，人心安稳
我们相信奇迹
从微观的世界中脱胎换骨
让恶念有管束，神奇的时刻
也将在人心向善时诞生

担　当

他八十四岁
是爷爷，是外公，是父亲，是儿子
他说武汉暂时不要去了
在漆黑的深夜
他逆风而行

他表情肃穆，我想问他何求
他神态慈悲，我想问他何苦
他眼含泪水
我却不能问他何忧

母亲指着屏幕上的他说
钟南山大我两岁呀
真是难为他了
真是辛苦他了

隔　离

武汉回来的孩子
一直戴着口罩
很少出屋
我时不时敲开他的房门
相视一笑
多么幸福

守住人间秩序

——致防疫值勤人员

白昼是正面，夜晚是背面
值守抗疫的人们，是一枚
立在生活中间的硬币
他们守住人间的秩序，连风也不敢妄动
病毒的邪念悄悄露了露尾巴
就被一眼看穿

帐篷薄，月光白
通宵清苦，晨曦微露
没有人能够轻易承受这寂静之重

执勤点的灯火，像城市的点点微萤
大风能吹来尘世，却吹不熄
这小小的光亮

走访摸底，入户排查
电话问询，建档立卡
送菜送药，义宣义诊
他们时刻处于战疫之中
比黎明清醒，比夕阳疲惫
他们能看到，更多的亲人在梦里相拥而泣
只希望城市解封，道路畅通

多么平凡啊
他们应该有一个共同名字
叫英雄

颜　英　中国共产党党员，土家族，湖北恩施人，大学文化。中国少数民族作家协会会员，湖北省作家协会会员，恩施市作家协会副主席，《恩施文史》主编。鲁迅文学院第二十七期全国少数民族文学创作班学员。作品见诸于《民族文学》《中国民族报》《中国艺术报》《中国诗歌》《诗歌周刊》等刊物。著有散文集《山路弯弯》、诗集《桃花枕》。

2020，这个春天，我们一往无前

张　扬　湖北

从东部沿海，到南方水乡
从西域草原，到北国边疆
从燕云大漠，到都市村庄
从长江黄河，到西湖钱塘
从祖国的心脏中南海
到我们文化香远的孝子之乡
从 1 号令 2 号令，再到 17 号令
从年前到年后
从地方到中央
2020 年，这个春天啊，是多么不寻常

邪恶的新冠病毒，横空出世
搅得周天寒彻，荆楚大地一片苍凉
它的凶残与伪装
让中华民族延绵千年的节日，黯然神伤
让万千和睦的家庭惊恐万状
让原本美好的春天满怀悲壮
让幸福的相聚不再歌声嘹亮
这个春天，这个春天啊，呈现出多么可怕的模样

从习总书记到钟南山院士
从领导干部到普通党员

从白衣战士到部队官兵
从亿万民众到各业各行
从火神山到雷神山
从指挥若定的果断到精准施策的良方
山川异域，风月同天，你我同行
这个春天啊，神州大地，迸发出磅礴的力量

那些指挥部里进进出出的人流
那些防护服里汗流浃背的中国脊梁
那些病房里日夜奋战的身影
那些诊断室里彻夜不息的灯光
那些村庄巷道里奔走的基层同志
那些马路上的志愿者和后勤保障车辆
那些卡口通宵值守的工作者
那些恪尽职守测量体温的好姑娘
这个春天啊，大家用爱和温暖
生动表白了，我们亿万人民的初心与使命
见证了一个大国公民的家国情怀

领导者的款款深情
院士国士的担当感言
白衣天使的片片温馨
快递小哥的奔波艰辛
保洁大姐的冲锋陷阵
配送大哥的无私奉献
……
疾风知劲草，灾难见人心

抗疫，就是一张白纸
书写了人性的灿烂与光辉
抗疫，就是一面镜子
折射出灵魂的卑微与高尚
这个春天啊，我们看到了人性的崇高与善良

市区一体，朝夕相望
经济同城，疫情同抗
你走来，我走来，大家走到一起来
人在，心就在！心在，爱就在！爱在，期待就在
疫情就是命令，防控就是责任
家国的情怀，无处不在
责任的鞭策，勇往直前
知者不惑，仁者不忧，勇者不惧
因为情怀，我们赤胆忠心
因为责任，我们挺身而上
因为初心，我们赴汤蹈火
因为慈悲，我们大爱无疆
这个春天，让我们心系槐荫，共赴疫情
这个春天，让我们不辱使命，义无反顾
苟利国家生死以，岂因祸福避趋之
黄沙百战穿金甲，不破楼兰终不还
这个春天，我们的人民有信仰，我们的国家有力量
我们的民族有希望

沧海横流，方显英雄本色
从非典、禽流感到猖狂的新冠肺炎

这些无坚不摧的病魔毒王
哪一样可以打败我们共产党人的智慧和力量
有什么可以阻挡我们共产党人的必胜信念
有什么可以改变我们共产党人的为民担当
有什么可以放缓我们共产党人的前进步伐
有什么可以消减我们共产党人的昂扬斗志
这个春天，在病毒肆虐的土地上啊
芬芳的花朵依然灿烂地怒放

看，虎踞龙盘今胜昔
看，天翻地覆慨而慷
看，万众一心斩毒魔
看，共克时艰凯歌唱
沉舟侧畔千帆过，病树前头万木春
风萧萧雨潇潇，风流人物看今朝
这个春天，注定是浓墨重彩，万世景仰
这个春天，也让我们懂得了
什么是痛定思痛，什么是寸断肝肠
2020 年，这个春天
我们永不言败，我们一往无前
这个春天，我们让胜利的旗帜高高飘扬

张　扬　就职于湖北省孝感市孝南区委组织部。

新的起跑线（外一首）

苏　苏　湖南

侯鸟离开了西伯利亚
洞庭湖过暖冬
歌声嘹亮了一路足迹
鱼群遨游
狂风恶浪劈头盖脸
娇儿腹中翻身
催生了满心欢喜

某日
妖魔——冠状病毒
闪电般窜出来
见人便扑
手指大开
把生活撕出一道伤口

除夕夜
武汉同胞告急
生命危在旦夕

放下刚端起的
年夜饭
医者仁心在呐喊
万丈深渊也要跳
悬崖上的花也要护

白大褂的头雁

钟南山院士
逆行者随我去
我们是火山迸发
熔化毒菌
烧尽贪婪

我们有千万个理由
相信
明日天边的朝霞
将是人类一道
新的起跑线

胸中那棵桂花树

胸中那棵桂花树
哽咽面对长江
士流血不流泪
可决堤的海浊浪翻滚
勇者无惧
为人类生生不息
明知枪林弹雨甘愿上

新冠肺炎病毒找宿主
狡猾之极，凶残无度
人类的双眼
人类的呼吸道

目标瞄准湖北武汉
九省通衢
汉口武昌汉阳
亦有桂花树吟唱

江风似利剑
渔火灭顶盲
三城死一样寂寥

最高首长下令
从九百六十万平方公里
每个角落
涌来驰援湖北
白衣天使
人民子弟兵
不留名的百姓
堪称神兵天将
置宝贵生命于不顾
武汉是英雄城市
大局为重
打赢病毒阻击战
为泱泱大中华
为世间苍生

待春风再拂
桂子远飘香
煮酒红灶膛
泼墨英雄巨制篇章

苏　苏　湖南人，退休教师。

致敬医者

沈　学　湖南

你们是别人的丈夫、妻子
是再寻常不过的凡胎肉体
在霜天冻地里奔波
给雪中跋涉的人抱薪取火，早就
成为你们的生命本能
那件白大褂，一旦披上
脚下的路便与人间苦难齐深
个人的悲欢只能在芦苇荡里
不惊风月地生长，小如草芥
不会孤军奋战，记住
病患有多少，你们的家人便有多少
血脉会像大地般绵延
到处长满爱的果实
你们最先觉悟
最后富有

沈　学　湖南岳阳人，长沙市作家协会会员，中南大学硕士研究生在读，作品见于《延河》《含笑花》《时代邮刊》《中国青年作家报》《长沙晚报》等。

童谣两首（外童诗四首）

谭　哲　湖南

天使穿着白大褂

天使穿着白大褂
没空和我说句话
武汉疫情她加班
很多天也不回家
她虽忙得不理我
我仍十分想念她
要问她是哪一个
她是我的好妈妈

三　座　山

雷神山，火神山
抗疫专家钟南山
三座大山显神威
跑在战“疫”第一线
三座大山镇病魔
看它还往哪里窜

立春，种下一粒种子

立春，种下
一粒凤仙花种子
让它把美丽的希望带去武汉
让姹紫点亮病魔的世界
让嫣红抹去沉重的叹息

让每一分绿
抚慰哆嗦的心灵
让每一朵红
填补迟到的团聚

赶走
那个像花冠一样的病毒
让它见识一下
什么才叫真正的美丽

立春，种下一粒种子
种下一颗希望
祝愿所有的美好
今日发芽开花得到实现

隔离区飘来一朵白云

——致武汉抗疫医护人员

隔离区飘来
一朵白云
她话语温柔
她脚步轻轻

她对小伙子说加油
她劝老奶奶放宽心
她为病人打针换药
测量体温，忙个不停

隔离区走来
一朵白云
她模样古怪
她动作认真

沉重的防护服
宽大的护目镜
让她看起来
更像一个外星人

脱下防护服
你可以偷偷看到
她的脸上分明烙着

天使的徽印

不平凡的你

都说你是英雄
爱笑爱脸红的你
有点儿不好意思
哪有什么英雄
我只是正常排班
正常上班去

都说你是白衣战士
爱美爱干净的你
有点儿嫌弃自己
偷偷地告诉我
这防护服里还要
垫上尿不湿

都说你是天使
剪掉乌亮的长发
让我开始担心你
是否还那么美丽
你却在琢磨教病人
跳哪支舞曲

为你心疼
为你落泪

为你深深感动
为你懂得珍惜

平凡的岗位
平凡的你
眼眸中点点光芒
温暖我们心底

平凡的岗位
不平凡的你
坚守平凡的责任
护卫生命的奇迹

志　愿　者

守在路口
你全副武装
临时搭建的窝棚
成了你常驻的哨卡

你十二分认真
来人测量体温
出入扫码登记

小小的温度枪
是你必备的侦察武器
你，决然的样子

似乎在告诫我们
决不允许病毒藏匿

守住路口
守住平安的防线
守住健康的岗哨
你多像一个哨兵
时时巡逻、喊话、劝阻

这场战“疫”里
有冲锋陷阵的英雄
也有后备物资的接力
当然，也少不了岗哨前
每一个认真的你

谭　哲　笔名无尘。儿童文学作家，诗人。湖南省作家协会会员、湖南省儿童文学协会会员、岳阳少儿诗歌学会会长、湖南省诗歌协会少儿诗歌分会副会长。曾获第二届、第三届全国童谣大赛一等奖，2013年、2014年湖南童谣大赛一等奖，若干作品被选入各类教辅。出版童诗集《小树新娘》《小鸟的花房子》《夏天是一尾小小的鱼儿》，出版童话集《小鼹鼠的书屋》《雪兔山》等。

请战书上的红手印，不只是种子（外一首）

钟远锦　湖南

种子注定要发芽，无论气温
40 摄氏度还是零下 40 摄氏度，它们都会
像楼梯一样，爬出围墙
点亮阳光与理想

没有芳香，我却感觉到体内有无数河流在流淌
没有花瓣，我却看见无数彩虹在裂变
没有惊叹，我却发现
无数湖泊与大山，捧出光斑

我看见杭州在上面，西安在上面
我看见湖南在上面，河南也在上面
我看见厦门在上面，也看见新疆在上面
我看见华夏民族都在上面

它们安静地躺在上面，像绽开
像分娩，像旋转，更像
红色的旋涡，它们冲向
那被黑暗关闭的城门

它们站在光明的纸张上面
它们就是光明和胜利的起点
那些请战书上密密麻麻的指印
就是转换今天和明天的神圣之门

我们安静，是基于战士们的信心与决心

我们习惯于在对联里
寻找春的方向，也习惯于
在手机里探知未来的方向

我们安静坐下来，不出门
是因为我们听见了灵魂的呼声
我们要节约下口罩，给英勇的战士们

但是我们，并不是真正的安静
我们就像怀抱着春天的草木树林般
将我们激流勇进的春天，分装在立体的截面

只要风一吹！那漫山遍野的响箭
就是我们的诗篇，我们会托着它们
灿烂所有的时间和空间

我们的安静，是给
战士们最好的专心与安心
是给战士们心无旁骛的信心和决心

我们听到了春
更收到了胜利的回应

钟远锦　侗族，残疾人，有作品刊发于《安康日报》《湘潭日报》《长沙晚报》《贵州民族报》《湖南科技报》《星星》《当代商报》《天津诗人》等杂志报刊，入选多种选本，获多种奖项。

“战疫”人（外一首）

冯方云　江苏

庚子早春，大疫猖獗于鄂省，举国皆凶。军民闻风而动，或赴疫区，或在本域，皆与战斗。虽风雨交加，艰苦备尝，然仁义不绝于路，制度有力，疫情终灭，国人堪慰。余闻史可赋诗，诗可美史，因书《战疫人》诗，希冀留良制于史，彰高风于世也。

阴云遍江城，疮痍恸国魂。
街市为之空，枢辅为之辛。
举国灭凶疫，大众阻瘟神。
或有军民齐战斗，也有父子临阵行。
南北汇九衢，军民战三镇。
迅行风疾，弥天勇悍。
视死忽如归，捐躯赴国难。
风雪交加夜，三五齐成列。
国无三吏，家有三别。
寒夜不得眠，佳节不得携。
无人退，不能摧。
堪慰疆吏膺重任，更喜生民完已责。
虽是死者长已矣，更有生者接征衣。
彰良制，显国风。
铸昆仑，写义仁。
我愿史家莫吝笔，请君长书庚子战疫人。

断 发 行

庚子新春，大疫肆行于鄂省，举国震动。武汉告急，湖北告急，诸省纷纷驰援。2020 年 2 月 2 日，江苏省句容市三名医护人员参加江苏援助湖北医疗队。三人中殷慧慧女士因长发不便，断发出征，余感其事迹，因成长歌《断发行》。

吾有故土，乡亲恋之。
吾有祖国，袍泽卫之。
君不见庚子新春无春意，唯有寒雨迎风晚来急。
今有名城，梼杌忽至。
大疫肆虐行，神州不得平。
朝歌夜弦上高楼，能使危城独自愁？
中华本一体，四海为一家。
饥者给其食，渴者给其饮，病者给其医。
慨然出征去，不怜此微躯。
安危不能顾，叵惜此长发。
吾发何其美，请君倾耳听。
月歌杨柳，水泻瀑布，音奏宫商，诗颂风雅。
萧郎美之，丽姝妒之。
曾行闹市间，行人称罗敷。
又在舞台上，不似医人是美人。
身不灭，发可长。
城如溺，国必殇。
我今断发去，勇者安可哀。
向使归来日，请君为我鼓一曲，我为君歌《断发行》。

冯方云　中华诗词学会会员，中国金融作家协会会员。

抗疫诗五首

宫利民　江苏

己亥末，江城突发疫情，谓其曰新冠。一时千邑闭，封户隔离。设关卡，劝客回。我泱泱大国上下齐心，全国人民团结一致，援江城，抗病毒。白衣天使瞬间集结，逆风而行，虽九死犹不悔。忆往昔，我巍巍中华，几经磨难，举步维艰，终以胜者之姿傲视寰宇。今疫发，必克时艰，繁华重现。遂以诗记。

白衣天使赞

倚楼极目江山远，
把酒东风慰楚雄。
铠甲白衣前后继，
逆流勇进中华龙。

战　疫

闭户封关驱秽恶，
火神雷祖战瘟神。
逆行天使忘生死，
风雨一程春满门。

庚子年正月日本援华抗疫感怀

唐时明月今时影，
与子同裳古未央。
风雨云烟多少事，
前尘莫忘远离殇。

疫　发

庚子初时春寂寂，
黄鹤不语复凄凄。
元伯妒我人间好，
疫入江城泪湿衣。

致在武汉抗疫中牺牲的烈士

恨别此地仁心短，
泪洒昆仑玉魄昏。
谁道英雄无憾事，
未捷先去寄冰魂。

宫利民　江苏人，笔名阳山野翁。

天使母亲在人间（外一首）

韩 墨 江苏

蹲在路边的江世娥，转送病人途中
路过家门口，婆婆让她吃一口饺子

远远地，半蹲着，背对家的方向
吃一口饺子，蘸一口寒风

丈夫也半蹲着，抱着
九个月大的孩子，喊妈妈

咿咿呀呀地张开小手，多么想
扑向妈妈的怀抱，这是湖北十堰

郧西城城关镇的一月
阳光照着大地，照着人间

小城安静，街上没有人
掐指一算，大年初二以来

已经二十五天，在医院隔离病毒
守护这一片干净的天空

妈妈很勇敢，是英雄
不需要眼泪证明，不需要

这人世间的小别离，这背身的小团圆
多想再听一句奶声奶气的“妈妈”

每一盏灯火

捡废品也要捐钱的老人
刚毕业就匿名上前线的护士
自发接送医生的司机
过年不回家的义工
捐钱捐物，人肉带回口罩、防护服的海外学子

每一盏灯火都有举起的双手
挂着吊瓶输液的中年男子
排队等门诊号码的亲人
路口测量体温的警察
封城封路，封不了人间大爱

苍穹之下，镀金的天空中蝙蝠飞舞
它睥睨人世间
无知贪婪的人类，理应回归自然
让人畜无害，鸟鱼成趣
每一盏灯火后，都有一个等你回家的亲人

韩　墨　本名韩重涛，现居昆山。江苏省作家协会签约作家，南京大学创意写作专业硕士在读。诗文散见《诗刊》《星星》《十月》《儿童文学》等期刊，出版诗集《江南不远》《锦瑟如归》。作品曾获华文青年诗人奖、李白诗歌奖、冰心儿童文学奖等奖项。

同唱一首歌（外一首）

于建宏　江苏

打开窗子，打开心扉
《义勇军进行曲》响彻云霄
封城的第五天
武汉人用这种特殊的方式把信心唱响

肆虐的病毒在歌声中发抖
古老的江城在歌声中昂起头颅
这是不屈的呐喊
十四亿中国人挽手走向前方

“我的力量虽然很微小
但一定要做点什么”
正是这无数个不起眼的微小
汇聚起抗击疫情的磅礴力量

“作为党员
我更应该冲锋在前”
火神山医院建设现场的铿锵宣誓
推开阴霾，托起冉冉升起的朝阳

“若有战，召必回”
逆行而战的白衣天使

用以身赴死的钢铁意志
筑起牢不可摧的长城，护佑人民健康

守望相助，武汉不是一座孤岛
万众一心，再难的坎也能跨越
我和我的祖国一刻也不能分开
樱花烂漫的春天就在前方

和死神赛跑

——写给武汉金银潭医院张定宇院长

如果不是这场突如其来的疫情
我们不知道武汉有个金银潭医院
更不会知道你——张定宇院长
镜头一次次聚焦
这里成了“炮火”最近也最危险的地方

2019 年 12 月 29 日
第一批七名新冠肺炎患者入院
你就没有了属于自己的时间
凌晨两点多才躺下四点多又要爬起
一个多月只有两晚离开稍早
那是因为同是医生的妻子不幸感染
两家医院间隔只有几十公里
可你就是抽不出时间去看望
“病人的事一刻等不得”
你铿锵有力的话语给无数患者带来生的希望

如果不是那么多人追问
没有人知道你身患绝症
甚至从未听说过这无药可治的渐冻症
一瘸一拐地走了一年多
同事已经习以为常
你瞒着同事坚持锻炼
倍加珍惜还能走路的剩余时光
“必须跑得更快才能跑赢时间”
伴随着妻子痊愈和二十名患者的集体出院
你坚毅的眼神折射出扑面而来的春的气息和明媚阳光

于建宏　滨海县作家协会副主席，滨海县教师发展中心小学教研室主任兼小学语文教研员。诗歌作品散见于《东部文学》《中国诗人》《扬子晚报》《北极光》等报刊。

小　护　士

——献给奔赴武汉的白衣天使们

张新文　江苏

不管你喜欢
还是不喜欢
我喜欢称她们
小护士
因为她们只是
穿上白大褂的
一群孩子呵
该是欢欢喜喜
过大年的时候
该是一家人
团聚的时候
该是围着爸妈
撒娇的时候啊
武汉告急
人民期盼
你们
只能抹去眼角的泪滴
抱一抱父母
抱一抱恋人，或是
亲吻一下
熟睡的婴儿
转过脸去
把冷风里一双双
不舍的目光
装进了心里
当瘟疫张开魔嘴的时候

一场没有硝烟的战争
就悄悄地开始了
城，可以关闭
路，可以封堵
人，可以待在家里
唯有你们的爱啊
关不住
封不住
也待不住
看啊
一车车的小护士们
奔向武汉
逆行而上，她们是
2020 年春天里
绽放最早的苔花
待到山花烂漫时
从中微笑的
有你，有我
更有她
小护士

张新文 笔名雪莲红红、园亭张，江苏省作家协会会员、太仓市作家协会理事、太仓市散文协会秘书长。作品散见于《奔流》《安徽文学》《内蒙古文学》《扬子江诗刊》《诗歌月刊》《雨花》《人民日报》《文汇报》《工人日报》《文学报》等。部分作品入选《2017 江苏新诗年选》《中国新诗年选（2014 年卷）》《七夕四十九行情诗》等十多种选本。

是 你 们

黄河浪　江西

已亥岁末
庚子伊始
大红灯笼遭遇大红十字
武汉封城，假期延长
新春在瞬间失色
危难时刻

是你们，是你们
火线入党
不计生死
不计报酬
一批逆行者
一群守护者
一线志愿者
你们是
是妻子，是丈夫
是儿女，是父母
国家有难，慷慨支援

是你们，是你们
脱下汗涔涔的防护服
摘下湿漉漉的遮住面庞的口罩

娇美的脸上有深深的勒痕
难免让人流泪

是你们，还是你们
誓死不退的豪迈誓言
在党旗下久久回荡
正是你们
坚定的手印、最美的背影
诠释了泱泱大国的生生不息

是你们，又是你们
冲击死神巢穴的壮士
使我们倍加珍惜阳光下的熙熙攘攘

是你们，仍是你们
白袍飞将今安在
你们是谁？不说我们也明白
你们就是神圣的白衣天使
长发剪了，无悔
脸儿破了，无怨
累了，倚靠一下
困了，席地而卧
而我们
只有致敬，唯有致敬
最崇高的致敬

此时，此刻

若你们要问我
毒魔降伏，最想说啥
此情，此景
我只想说两个字
记住

我会记住
记住你们是父母眼里永远的孩子
也请你们记住
一定要平安归来
因为你们是亲人心中的宝
还请记住
你们一定要微笑着挺住
因为你们就是我们百姓心中的英雄
逆行英雄

是你们，难忘你们
在最紧要关头
是你们关口前移
你们是无枪的勇士在战场和死神博弈
慈心悯怀的菩萨心肠挽救苍生
回望平安无事的往日
促尘封的大地早日解封
赞歌嘹亮，响彻云霄

是你们，还是你们
因为战“疫”，婚期改期

将今生定格抗“疫”前线
是你们用遗憾，做惊喜的铺垫
病例骤减、清零
喜盈门

是你们，是你们
背对春风，舍命逆行
满脸慈悲，护佑苍生
心持坚韧，背负着责任与信任
去迎考，去答题
答卷必定满分

是你们，永远是你们
让日子继续
让冰雪消融
再难的日子
必将过去
天大的疫劫
终将行远

是你们，是你们
让我们，让我们
春暖花开凯旋日
同行赏樱登楼台

黄河浪　1971 年生，有文学作品散见于各类文学报刊。

庚子感怀

石红许　江西

一

本是龙腾献岁时，
楚天冷雨落心池。
中华齐扫阴霾散，
把酒邀春总有期。

二

一场瘟疫犹如梦，
半月蜗家季节匆。
去岁衣飘沾杏雨，
今朝窗隔柳杨风。

三

天灾突袭乌云布，
果敢封防破怪魔。
面对干戈无畏惧，
时艰共克荡风波。

四

拜年却又无奈何，
千载时光第一回。
但见东风吹故土，
喜迎华夏太平来。

石红许 江西鄱阳人，中国作家协会会员，文学创作二级。著有散文集《青葱岁月》《河红万里》《风语西河》等多部。散文见诸《散文百家》《山花》《北方文学》《人民日报》《散文选刊》《中华活页文选》等，入选多种选本及教材教辅。

心　声（外二首）

——题郧西女护士照

李大彬　辽宁

郧西，战疫期间，时已过午。一位女护士蹲在路边吃饭。丈夫怀里搂着他们九个月的儿子，也蹲在路边，隔着约两米远，凝望着她。两个月了，好久不见……

今时过午路边餐，
忍与夫儿两隔看。
久别遭逢难拥抱，
此来属望小盘桓。
温乎水饺心加热，
苦也江城力不单。
他日瘟神踪影去，
投君熊抱共悲欢。

定风波·武汉回家

疫情使武汉儿女困于海外，祖国派包机将其接回。

武汉流洋遭锯鲨，孤帆断雁困天涯。
瞩望长江空泪绝，哀切。寒风冷雪下刀麻。
今日东方临宝驾，无怕。他乡月冷早还家。
直向白云黄鹤处，归去。龟蛇静候共朝霞。

注：锯鲨，鲛鱼之一。《萍州可谈》载“有锯鲨长百十丈，鼻骨如锯，遇舶船横截断之，如拉朽耳”。

沁园春·上元出征

元宵夜，庄河中心医院六位医护勇士，火速集结周水子机场。五百名白衣战士，严装待命，向武汉，逆行出征！

浩浩沉流，凛凛元宵，肃肃待征。
向国危禁地，纾其疫难。时艰绝境，恍若灾星。
今夜无眠，明朝搏战，顾念同胞好弟兄。
悲欢共，载婵娟万里，当赴江城。
神鹰戴月南行。此一去，终教天彻明。
即武装亮剑，安痊愈者。驱魔克敌，抚慰苍生。
展我明眸，催人奋气，樱韵梅风燕写情。
春潮动，听涛声向远，云水和鸣。

李大彬　辽宁省庄河市诗词学会理事。有诗词作品获多种奖项。

非常时期

丁永才　内蒙古

好长时间
一家三口没这样厮守过
这算作一种爱吗
困于疫情的爱
适合在冬日的寒阳下抱团盛开

电脑屏幕前
志愿者女儿饱蘸心血参与制作专业科普视频
妻子以心理咨询师的大爱
抚慰着一个个被病毒咬怕的靓妹与帅仔
我这个寻章摘句的诗人
只好写一首小诗
用意念推送到火神山、雷神山乃至钟南山的胸怀
用微弱的精神之光向这些逆行者示爱

祈祷阳光明媚的翅膀
驱散悬挂人心头的阴霾

丁永才　内蒙古呼伦贝尔市作家协会副主席。曾出版诗集《雄性意识》《未了情缘》《萦梦故园》《心灵之旅》《那一年的风花雪月》。获得内蒙古文学创作政府奖索龙嘎奖。作品在《人民日报》《中国新闻出版报》《草原》等报刊发表。

每一首诗都是大爱的证词（组诗）

景绍德　内蒙古

立　春　词

是从夕阳落下开始，多么接近黎明
一个缺少免疫的春天
一个众人祈祷的春天
一个被口罩捂住的春天
来得令人心疼

接近春天的人，正置身灯火之中
此刻，我只能写一只旷野里自由的喜鹊
写一片被轻风抚慰的芦苇
我只能在雪地上写下
山河无恙，花返枝头

光

——写给湖北省武汉市金银潭医院院长张定宇

写下你的名字，如同在黑夜写下一束光
冲锋的光，来不及疼痛燃烧自己的光
可疼也是你身体里的一道光

你用奔走与“渐冻症”誓不两立
你为众生而生的心无药可医
面对命运，你的微笑也是一道为春天引路的光

写下你，如同画下鼠年最亮的一盏灯
明晃晃地亮着
照见人间疾苦
照向春暖花开

中国速度

——写给疫情期间的一线建筑工人们

十天，夜以继日。一座火神山
以中国速度，与春天一起矗立在武汉
十天，一群人
瓦匠、木匠、焊工、钢筋工、架子工、杂工
钢结构安装工、管道工、防水工、水电工
披星戴月，搭起中国诺亚方舟

这群与时间赛跑的人，落下的汗滴
比露珠还清澈。这群头顶月光的人
比月亮还明亮。这环环相扣的亲密配合
彰显着一个新高度

是的，他们就是工人，挺立在一线的冲锋者
他们就是一枚枚螺丝钉
拧成一股绳
拧起中国建筑的新速度
拧出世界建筑史上的新奇迹

名　字

关于你的名字，一双双坚毅的目光已经给出了答案
逆行者、医护人员、白衣天使、病毒对抗者
这完全不够，你的名字是父亲、妻子、爱人、女儿

是这场“战疫”的急先锋

与“病魔”争抢生命的人
当你倒班脱下防护服，你额头、面部的勒痕
你被汗水浸透的衣服，你耳部磨起的水泡
你剪下的秀发，你宣读的誓言
让我知道，你的名字叫
中国精神

景绍德 20世纪80年代生，内蒙古作家协会会员，中国诗歌学会会员。作品散见于《诗刊》《草原》《诗潮》《诗歌月刊》《绿风》《星星·散文诗》等刊。偶有诗歌获奖，入选年选，现居呼伦贝尔。

空中拥抱（外二首）

田玉杰　内蒙古

站住，别动，三米之外
我看到了你，穿白衣服的妈妈
你已经张开双臂，想拥抱我

七天没见，妈妈，你瘦了
我听到你的呼唤、你的声音
妈妈的眼睛，好认

隔着三层台阶，放下一碗饺子
妈妈，那是你爱吃的芹菜馅
没给你捣蒜泥，怕你辣嗓子

天气降温了，你走得匆忙
妈妈，你忘记带羽绒服了
女儿，给你拿来了

妈妈说，她不怕冷
等病毒消失
妈妈答应，领我去武汉

看黄鹤楼，登长江大桥
到楚国，聆听屈原的《离骚》
还有我最爱吃的鸭脖王

妈妈，多想让你摘下口罩
看看你的脸，想你

你不能把我揽进你的怀中

你的双臂已经展开
拥抱武汉，拥抱祖国
你的臂膀温暖，你的笑脸慈爱

妈妈，欠我的拥抱
给患病的妹妹或者哥哥吧
你的爱，大于我的思念

敬畏生命

1

天黑了，月亮开始哮喘
星星没有特殊的任务
不会私自离开岗位

武汉，那个不爱下雪的城市
因为冠状病毒，从祖国的四面八方
飘来大片大片的雪花

这些人，想拯救一座城
用爱织成一个大口罩
送给武汉，送给黄冈

2

你站在我前边
我站在你身后

距离一米五
这是生命的警戒线

又是对人世
崇高的眷恋

3

我妹妹去了防疫前线
她说，防护服太厚

压得她喘不上气来
一个班六小时

她想伸一次懒腰
活动一次筋骨
不然，她怕手麻
拨不动健盘
怎么给家打电话

她想告诉女儿
李文亮牺牲了
她心里害怕

有时候真想
脱下身上的白大褂
下辈子再也不做医生了

嘴上这样说
看到病毒上升的数字
她又忘了昨天的话
让女儿填自愿
还是当医生吧
李文亮所在的眼科

正缺一个好医生
替补上来，给更多的人光明

靠　站

为了春耕
我提前备下许多化肥
昨天到了一火车尿素

发朋友圈了
没有人给我点赞
我多想有人，跟我讲讲价啊

我想用这些化肥，催生土地
早点让受伤的大地
长出一片绿色

田玉杰　内蒙古作家协会会员，鲁迅文学院第四届作家班学员。作品发表在《草原》《骏马》《鸭绿江》等期刊。散文《妈妈该回家了》荣获 1999 年内蒙古自治区报纸文艺副刊一等奖、全国报纸文艺副刊三等奖。小说《骏马长嘶》获 2017 年科尔沁孝庄杯一等奖，诗歌《八十岁的老母不想走》获 2016 年科尔沁孝庄杯三等奖。已出版长篇小说《泣血商人》、短篇小说集《玻璃花》。

兑现诺言（外二首）

杨庆发　内蒙古

她躺在我的臂弯
我枕着你的肩
只因为太累了
口罩未曾取下
和衣片刻睡眠

你哭了
那是梦中的送别
她笑了
那是幻觉的团圆
听见了
年迈的父母正隔着车窗
向我轻轻召唤

或许，你是未婚妻
还未铺好婚床
或许，她是母亲
正准备为女儿换洗衣衫
一声令下
暂且放下自家的小爱
义无反顾地整装出发
逆行去抗击疫情第一线

白衣周身包裹
不识你我容颜
即使日夜熬红了双眼

也要兑现
对祖国许下的诺言
即使坚强的身躯倒下
也要前赴后继
打造出武汉灿烂的春天

无私的义工

你是家庭的脊梁
又是抗击疫情的义工
别人都平安地宅在家里
而你顶着瘟疫肆虐的压力
说服家人
自愿去抗疫前线冲锋
无公交
无出租
你只凭双腿
丈量着抗疫的路程
在防疫工作队伍中
你是默默无闻的志愿者
在抗疫前线
你是勇往直前的一兵
夜间巡逻
你是战士
装卸防疫物品
你是搬运工
谁的手机没电了
找你解决
谁的单车坏了
找你维修
每天做事不停歇

以至于多日没能回家
你只能编故事
来安慰视频中的家人
你在无私奉献
你无悔人生
你是人们崇敬的
无名英雄

企盼回归

下吧，铺天的鹅毛
你是清除污浊的铁帚
下吧，飘舞的春雪
你是荡涤瘟疫的琼浆
期望你除恶务尽
让天使疲惫的身躯
停歇在久违的温床
虽说保护生命
是医护人员的天职
但她们也是血肉之躯
也需要亲人的抚慰
和疗治的阳光
请点燃喜庆的旺火吧
为逆行的白衣天使
加油，鼓劲
和我们携起手来
在各自的地域
筑起一道道必胜的
铁壁铜墙
请斟上醇香的酒
盼这场阻击战早日结束

然后举起酒杯
迎接逆行的白衣战士
凯旋

杨庆发 大学文化，中国共产党党员。任职于内蒙古赤峰市敖汉旗人民检察院，国家高(四)级检察官。内蒙古作家协会会员、中国散文学会会员。创作出版三部长篇小说《鹿鸣岭下》《血色的清晨》《寻你到天边》，创作一部二十集电视连续剧剧本《乡里来个检察官》和三部电视电影剧本《山杏坡》《我的祖国》《守望家园的孩子们》。

驰援的声音（组诗）

吴新财　山东

春天，我想放声歌唱

春天
一直是美好的面孔
可是，二〇二〇年的春天
却是不同的
我不懂
你也许不懂
或许他（她）们更不懂
这个名为
新冠肺炎的祖先是谁，祖籍又在哪里
我不知道
你也许不知道
或许他（她）们更不知道
新冠肺炎从何处而来
来自何方
我们在寻找答案
我们在寻找抗击新冠肺炎的药品
然而
新冠肺炎来得太突然
然而
新冠肺炎来得太迅猛

它迅速席卷华夏大地
我们
这些华夏儿女还没看清它时
它已经侵占了我们的家园
它已经侵占了我们的健康
它已经侵占了这个春天
在这个春天里
新冠肺炎夺走了许多人的生命
生命
每个人只有一次
生命
宝贵的生命啊
可是
在这个春天
新冠肺炎在无情地剥夺着生命
在这个春天
许多人如同流星般在人生轨迹上消逝
这是一个非同寻常的春天

孩子们不能上幼儿园
学生们推迟了回归校园的时间
工厂延迟了开工
人们的最佳选择是待在家里
避免外出的声音
在这个春天里响起
我们看不见春天
我们渴望看见春天

春天啊
你还是在严冬过后来到人间
春天啊
你的脚步依然踏响了神州大地
春天
你依然在呼唤美好与未来
春天
你在告诉我阳光依然会普照人间
春天
你在告诉我
虽然新冠肺炎来了
虽然华夏儿女经受了一次苦难
但不怕
新冠肺炎击不败中华民族的意志
我在这个春天
依然看见了希望与未来

我们的白衣战士
在与新冠肺炎奋力搏击
我们的党旗在神州大地上高高飘扬
这是与新冠肺炎搏击的战场
这是中华民族精神的张扬
这是春天里的一种景观

在个春天，我想放声歌唱
那是一首赞歌

那是一首希望之歌
我想让歌声随风远扬
因为
我融入了抗击新冠肺炎的战场

穿越黎明前的夜

我在多年以前就知道
“走过黑夜就是黎明”这句话
我没有想过这句话的含义
我认为道理很简单
简单得如同白描
我认为语句很质朴
质朴得如同村民聊天
这是因为
我没能身处其境
这是因为
我只是听者
假如有一次
我走在了黎明前的夜色中
我的想法就与从前不同了

黎明前的夜色不是黎明
黎明在夜色之外
夜色挡住了黎明
我行走在黎明前的夜色时
更加期待黎明

我想急速走过黎明前的夜色
不
不是走过，而是穿越
虽然穿越与走过都是行进
但是心情迥然不同
一种是平淡
一种是迫切
我是迫切的
我想结束黎明前的夜行
我想尽快抵达黎明

还是那句
走过黑夜就是黎明的话
其实，这不只是说黑夜
虽然黑夜漫漫
虽然路途悠远
毕竟这是夜与昼的轮回
可是，你想过吗
这也是生命的轮回
可是，你想过吗
这也是人生的行程
我不知道你的心绪
如同你不懂我走在黑夜中的想法
我知道人生路上多波折
你知道生活之中多磨难
磨难或许是黎明前一种夜色
波折或许是在考验意志

只有穿越磨难
只有经受波折
你和我
才能穿越夜色抵达黎明

我曾经望远天边
寻找过黑夜来的足迹
黑夜从天边而来
如同一张无边的黑色大幕
缓缓地拉开
罩住了光明
罩住了世界
罩住了生活
这是日月行程的轨迹
天际也会发生变化
这种变化如同生活
又如同人生
你与我都无法预测
我们抵达人生终点的时间

二〇二〇年的某时
日月运行的轨迹发生了变化
夜幕不是从天边拉开
而是从武汉的上空突然降落
罩住了这座城
罩住了人们的生活
罩住了生活的颜色

这是可怕的夜色
武汉人行走在夜色中
人们不知何时可以抵达黎明
人们不知夜色与黎明之间的距离
这距离还有多远啊
路上的行程还需要多少时间啊
我不知道
你知道吗
我渴望知道
你能告诉我吗
你没有告诉我
我只能自己去追寻黎明

我的记忆中储存着这样的三个故事
有一个叫史泰龙的人
他用一千五百次的失败获得了成功
他成为世界影视巨星
有一个叫海伦·凯勒的人
她写了《假如给我三天光明》的书
她成为世界知名作家
有一个叫霍金的人
他以身残志坚的追求
站在世界科学界的殿堂上
这三个人是三种人生
这三个人是三种成功
这三个故事中的三种答案都是奋斗精神
他们都是穿越了黑夜抵达黎明

走过黑夜就是黎明，这句话
不是口号
不是畅想
不是赞美
而是期望
而是拼搏
更是自信与坚持
武汉，中国人的武汉
武汉，世界人的武汉
虽然武汉被突然降临的夜色罩住了
虽然武汉人也有恐慌
但是，全国人民在驰援
但是，世界人民在援助
人类生存的共同体在逐渐形成
人们伸出了一双又一双手
用无与伦比的力量扯掉了夜幕

我是黎明前黑夜中的行者
你与我同行
我们应该懂得
走过黑夜就是黎明，这句话
不
不只是懂得，还得加以改变
不
不只是改变，还必须理解
人生与生活

都是行走在黎明前的夜色里
穿越黑夜之后
不就是黎明吗

驰援的声音

你应该听见过风的声音
你应该听见过雨的声音
你应该听见过雷的声音
你更应该听见过鞭炮的声音
或许
你听见过许许多多不同的声音
但是
你未必听见过驰援的声音
但是
你未必知道驰援的声音
从何处响起
又往何处去

我是近期才听见驰援的声音
驰援的声音
不只是用耳朵听
还可以用心感受到
也能用眼睛看见
声音
原本只能是用耳朵听见
原本用眼睛是看不见的

更无法用心感受到
但是
驰援的声音与众多声音不同

解放军的运 20 大型运输机
满载物资飞来
这是驰援武汉的声音
山东小伙代松涛驾驶运输卡车
运送三十三吨胡萝卜抵达雷神山医院
这是驰援武汉的声音
全国各地医务人员集结奔跑的脚步
踏响神州大地
这是驰援武汉的声音
驰援武汉的声音
从空中
从路上
从江河
从祖国的四面八方响起
冲向武汉这座受难的城市
武汉人民在与疫情激战
武汉人民处在水深火热之中
驰援武汉的声音
一波未落，一波又起
如同战鼓响起

驰援武汉的声音
我们的眼睛能看见

驰援武汉的声音
我们的心能感受到
驰援武汉的声音
灌满了我们的耳朵
响彻天宇
这是冲向战场的声音

战场是殊死搏斗的地方
驰援的声音
是一种精神，是一种使命
精神与使命形成了冲击波
穿越山山水水
形成无比的力量
与疫情激战

我们听见了驰援的声音
就产生了信心
我们听见了驰援的声音
就看见了希望
在这非常时期
在这民族危难之时
我们需要听见驰援的声音
因为
我们需要鼓舞的力量
因为
我们更需要强大的后方

使　　命

灾难突然降临在武汉这座美丽的城市
这不只是武汉的灾难
也是考验中华民族的时刻
因为灾难不只是威胁着武汉
不只是威胁着湖北省
它还威胁着整个中华民族
如同没有声音的龙卷风
在肆无忌惮地席卷着大地
有意扫荡华夏神州的幸福与繁华
然而，灾难想错了
中华民族是不屈不挠、饱经风霜的伟大民族
不管是世界列强的入侵，还是历史上的自然灾难
英雄的中华儿女都以昂扬的斗志
不怕困苦的精神战胜了
武汉，这座历史悠久的城市
武汉，这座英雄的城市，它在举全市之力与疫情搏击
湖北省在举全省之力与疫情抗衡
但是，疫情来势凶猛，武汉难胜，湖北省处在危难之中
武汉，不！不只是武汉在跟疫情搏击
武汉的身后还有青岛、上海、北京等全国的城市的驰援
武汉人，不！不只是武汉的兄弟姐妹们在与灾难搏斗
武汉人的身后还有青岛、上海、北京等全国人民的驰援
这不，除夕之夜
青岛大学附属医院的医生秦文踏上了去武汉的征程

她去武汉加入抗击疫情工作的举动感动了我
不！不是感动，是震撼
我的心被秦文去武汉的脚步声震动了
秦文是一名年轻女医生。她刚给九岁的女儿过了生日
她刚回到乌鲁木齐的老家准备过春节
此时，她接到了去武汉参加抗击疫情工作的通知
通知就是命令
命令她参加抗击疫情的战斗
可她在遥远的乌鲁木齐啊！并且是春节到来之时
她接到命令迅速踏上归程
乌鲁木齐——青岛——武汉，这是怎样的行程啊
青岛——武汉——乌鲁木齐
这不是一座城市的人民在与疫情作战吗
这是三座城市吗
不！这三座城市的行程路线穿越了神州大地
从沿海之滨到西北大地
这是三座城市的人民在与疫情作战吗
不！肯定不是，这是全国各族人民在跟疫情作战
虽然疫区在武汉，武汉在危难之时
但是全国人民在支持武汉
武汉不怕
中华儿女抗击疫情的力量是空前的
精神是高涨的，决心是坚定的，结局是必胜的
我从秦文这名青岛年轻女医生的身上感受到了
这种决心、这种力量、这种精神
她去武汉参加与疫情搏战的队伍了
她面对的是病毒，病毒对人类是不讲情面的

无孔不入
并且在武汉的疫情中已经有许多医护工作者被病毒感染了
还有医护工作人员被病毒夺走了宝贵的生命
人间多美好，亲人还在
他（她）们却被疫情带到了遥远的天堂
秦文，一个年轻的女医生，面对这样的对手，怕吗
她不怕，因为她在踏上去武汉的行程时
已经把个人的得失与生命放在了身后
她想到的是全国人民的安危
她想到的是如何能帮助武汉人战胜疫情
或许，她什么也没想
因为她在去武汉前
没有豪言壮语，只是用行动做出了自己的选择
她选择了走在抗击疫情的最前线，她选择了危险
秦文选择了牺牲自己的幸福
秦文，我想告诉你，你的同事已经启程支援武汉了
可能他们与你在一起工作，也许你们没有机会见面
但是，你们担负着同样的使命——青岛人在武汉抗击疫情
秦文，好样的，这是民族精神
秦文只是千万人中的一个缩影
数千万人在驰援武汉
数千万人在与疫情激战
你们、他（她）们，不顾个人安危做着为民族奉献的事
在承担一种责任、一种使命

当我看见凯旋的队伍

当我看见
武汉人、湖北人
与来自全国各地的驰援战士
并肩作战
以胜利的姿态
结束了两个多月与疫情激战的日子
我知道
他（她）们在艰难的日子里
结下了深厚友情
我知道
送别凯旋队伍时的场景
能让人动容

当我看见
那一队队、一列列
撤离武汉的队伍
我知道
他（她）们完成了使命
以胜利的英姿
踏上了凯旋的归程

当我听见
从楼宇、从陆地、从空间传来的
谢谢你们，白衣天使
武汉感谢你们

湖北感谢你们
你们辛苦啦
武汉是你们的第二故乡
再见啦，这些杂乱而真挚的声音
我知道
这是送别凯旋队伍的声音

当我看见
凯旋的队伍中有人落泪
手臂在空中缓慢挥动
我知道
这是依依惜别之情
这一队队、一列列
远去的凯旋队伍
乘飞机、乘火车、乘客车
离开了武汉
离开了湖北
离开了这座结束疫情之战的城市
离开了战胜新冠肺炎疫情的湖北
他（她）们即将回到祖国各地
回到自己坚守的工作岗位

离别的队伍中
有人哽咽地说
武汉人民真的很难
离别的队伍中
有人哽咽地说
武汉人民真的很英雄

离别的队伍中
有人哽咽地说
我们已经扛过去了
我知道
这是肺腑之言
我知道
这些话语感天动地
这是离别时的牵挂

从空间楼宇传来了感恩之声
从离别队伍中传出牵挂之声
在越来越远的距离之间交汇
声音此起彼伏
牵挂与感恩
形成了感天动地的交响乐
场面壮观
我看见这种场面
又怎能不热泪盈眶

我眼眶里有液体蠕动
湿润了眼睛、湿润了心
我的视线模糊了
虽然看不见更远的地方
虽然看不清远行的队伍
可我心情激荡

这是一场人民战争
有着新的战事

这是人类与新冠肺炎疫情之战
这是一场特殊战争
这是由全国各地白衣战士组成的队伍
迎战新冠肺炎之敌

我们的战士穿着白色军装
军装极少有白色的
这是特别的队伍
战士使用的武器与众不同
白衣战士使用的不是钢枪
更不是坦克、飞机、大炮
他（她）们使用的是药品和医疗器械
这次的敌人是看不见的
这是一场没有硝烟的战争
这样的战场更危险
我们的白衣战士没有退却
而是勇往直前
白衣战士肩负着国家与民族赋予的使命
他（她）们义无反顾地直奔战场

武汉，湖北
这场没有硝烟的战争
这处世界瞩目的战场
战事是那么危急
我们的白衣战士知道
在这场战争中
只能胜利，不能败退
他（她）们知道

这是中华民族的安危
他（她）们知道
全世界的目光都聚焦在这里
这里成为世界的焦点
我们的白衣战士知道
这不只是对疫情之战
还是为民族振兴而战
他（她）们承诺
必须取得战争的胜利

两个多月的时间
来自全国各地的精英队伍
以武汉为中心
在湖北省驻扎
分布在各个地市
严密防控
疫魔无处可逃
白衣战士在明处
新冠肺炎在暗处
你来我往
展开了人类与病魔之战

你看见过这样的战争吗
你想象过这是怎样的战场吗
我看见了
我不是用眼睛看见的
我是用心感觉到的
我的心

早已与武汉人的心贴在了一起
直觉悄悄地告诉我
虽然战事危急
虽然势态严峻
但是
白衣战士必将凯旋

我的心啊
你为什么悬挂了两个多月还没落下
是担心吗
在担心什么呢
我的目光啊
为什么盯着武汉两个多月不肯休息
在看什么呢
我眼眶中蠕动的液体啊
你为什么两个多月还没流出来
是期待在某时某刻喷薄而出吗
为什么要这样呢
我知道
但我无力说出来
就让我的心悬着吧
只要武汉还处在疫情之中
我眼眶中蠕动的液体就不要流出来
这是煎熬的日子

我们的队伍向前，再向前
一个又一个捷报传来
我紧绷的神经才放松

我的心才缓缓下落
我眼眶中蠕动的液体才渐渐减少
当我看见白衣战士凯旋时
我的心回落到了原点
我眼眶中蠕动的液体也已熬干

我不再担心
我不再伤感与难过
当我看见
脱掉白色军装的队伍
在阳光下
一队队、一列列
离开了武汉，离开了湖北
他（她）们踏上归乡的行程
我知道这是凯旋的场景
这种心情
如同此时的春阳

当我看见
一队队、一列列
凯旋的队伍
我就想起了从前
当我想起从前
就对中华民族的复兴
增强信心百倍、千倍、万倍
在白衣战士凯旋的这一刻
我想起了许多往事
那是一种民族精神

那是民族的根
凯旋是战胜困难后的英姿
我们的队伍是民族的脊梁

送别的场景

在送别时有一种目光
那是担心
在送别时有一种目光
那是感动
这两种不同的目光
在不同的时间
在远行与归程
这是两个不同的地点
这是两种不同的送别
这是两种不同的生活画面
生活不是虚构的艺术
生活是真实的
当看见远行与归程
同新冠肺炎激战的队伍
谁能不动容呢

二〇二〇年这个春天
武汉爆发了新冠肺炎的疫情
我们的国家
调动了全国的医务精英
从各地驰援武汉
医务人员告别家人

迅速加入奔赴武汉的队伍
武汉啊
此时是处生死场
谁知道病毒躲在了哪个角落
谁又能知道病毒
何时对你进行无情攻击
白衣执甲
民族的担当
奔赴武汉
体现了大无畏精神
他（她）们已经做好了牺牲的准备
送别的亲朋中
谁的目光中不带有担忧的神色
亲朋担心只怕有远行
而没有归程

在二〇二〇年这个春天
在武汉
出现了这样的场景
驰援武汉的全国各地医务人员
完成了使命
脱掉了白色军装
摘掉了护目镜
摘掉了口罩
带着满身疲惫
他（她）们踏上归程
送别的人群
流着泪

哽咽的声音
已经说不出完整的语句
有人手举国旗
国旗在阳光中忽高忽低
这是鞠躬式的送别
阳光中的国旗
在闪动
璀璨之光照耀世界
这是映衬人类的光芒
此时
已不再是单一的送别
而是情的交融
远行的队伍啊
你为什么挥手
想说再见
还落泪呢
这样的画面
让人类动容

是谁在哭泣
是谁在鞠躬送别
是一个身影吗
不
这是所有武汉人的表达
这是湖北省的缩影
这是感恩的送别人群
这是动容的场景
这更是湖北人民的感恩方式

感恩的送别在湖北各地涌现

在二〇二〇年这个春天
在全国各地医务人员奔赴武汉
与离开武汉之时
都有国歌回响
都有国旗飘扬
都有警车护航
都有群众送别
这是对奉献者的尊重与敬仰
看到这样的场景
感受到民族团结的力量
谁的心情不激昂
谁的眼眶中不带有泪光

在武汉
在湖北
在二〇二〇年这个春天
跟疫魔激战的队伍有一种远行
叫去武汉，叫去湖北
在二〇二〇年这个春天
跟疫情激战的队伍有一种远行
叫离开武汉，离开湖北
在去武汉，去湖北时
在离开武汉，离开湖北时
都有人群送别的
送别的目光
穿透了障碍物

看到了希望与阳光
这种目光
这种场景
感动了华夏大地
让世界动容
让人类产生了
战胜新冠肺炎疫情的能量

吴新财　山东青岛人。笔名来修、武财财、海明威、北国之春、伍欣欣等。中国作家协会会员、中国小说学会会员、中国散文学会会员、山东省小小说学会常务理事、山东省作家协会文学期刊及编辑出版委员会委员、第六届青岛市作家协会理事。

心中的太阳（外一首）

——抗击新冠疫情感怀

毕季清　山东

当新年的第一缕阳光
照耀在黄鹤楼的飞檐斗拱之上
当人们沉浸在极目楚天舒的惬意中
蓦然间
明媚的天空乌云压境，疫情蔓延
有着白云黄鹤之乡
九省通衢之称的名城武汉
被新型冠状病毒性肺炎的疫情紧紧笼罩
一时间，黑云压城城欲摧
人心忐忑不安，阳光暗淡
现在纵然是太阳依旧灿烂
在残酷的疫情笼罩下
人们的内心也被阴霾填满

党中央一声号令
须臾间
面对严重的疫情
军地医务工作者
向着疫区，逆向而行
三军大呼阴山动
铁骑突出刀枪鸣
他们的行动，雷霆万钧，电闪雷鸣
他们的速度，风驰电掣，如光一般
此刻，面对寒凝大地，黑云压城
他们每一个人，就像一轮轮太阳
冲破厚厚的云层

刺穿重叠的疫霾
甲光向日金鳞开
阳光照耀，金光闪闪
党旗猎猎，红旗漫卷

记起童年看过的京剧《智取威虎山》
杨子荣《胸有朝阳》中的唱段
山高不能把路挡
抗严寒化冰雪，我胸有朝阳
几十年来，它已经化为一种民族精神
那就是面对任何艰难险阻
必须勇敢面对，威武不能屈

这些逆行而上的医务工作者
他们就是一颗颗太阳
用自己的大爱，拨云见日
抚慰人们不安的心
他们心中的朝阳
是祖国，是信仰，是担当
他们是真正的中华民族的脊梁

生存的哲理

我曾经苦苦把哲理寻觅
却总是不能如意，我想
也许这样深奥的问题
只在哲学家那里

一场新冠肺炎疫情
意外地成为一个明鉴
辉映出纷繁的理念

生存哲学的真谛

生存就是存在
就是活着
因为这也是人的生命
最重要的主旨

每一个人都在家中隔离
这是世界历史上的首次
这是以国家的名义
对于十几亿生命的庄严承诺

隔离不是隔断
更不是被遗弃
隔离在家是最安全之策
前提是有人倾心付出

就像战争一样
有后方就有前线
有享受祥和安逸者
就有人冲锋在前

那些向着“疫”线慷慨逆行的白衣战士
那些呵护着社区平安的志愿者
党徽耀耀，红旗漫卷
天佑中华，国佑黎庶

无须忐忑
因为我们有诸多“保护神”
不要焦虑
因为祖国把每一个人护佑在她的怀抱里

毕季清 山东省散文学会会员。曾任兖矿新闻报社总编办公室主任、新闻部主任。散文《高原的月亮》获“华夏情”全国诗歌散文征文一等奖，散文《冈巴拉听风》获中国散文网征文一等奖，散文《矗立的文明》获第三届王粲文学奖征文一等奖。翻译长篇小说《大草原上的小屋》《农家子》《西方美学、哲学文论选》《英国当代散文选》等一百万字。

美的赞歌（外二首）

鲍伟亮　山东

平安是最美的祈祷
这个冬天，善与爱
交汇江城，他们
勇敢地交出肩膀，扛起
救死扶伤的旗帜

利刃也曾柔软，冲锋
他们是没有枪的战士
救援，他们是病床前的英雄
他们是逆行的代名词，留给
合家团圆一个背影

人间有情
他们是人间最美的符号

风雪之路

风吹走昨夜的雪
这是一条没有尘埃的路

一双双脚印，重叠出赤诚的祈祷
叩问心门，驱散乌云的遮蔽

是战斗，是战士，众志成城
唯愿与子同袍，所向披靡
那是来自华夏儿女的祝福

一束划破黑暗的光，指引前行

祝　福

祝福在传递，一抹亮色
穿插出土豆、白菜的形状
不用问我从哪里来
我的朋友，要勇敢地热爱
炽热地表达，即便带上了口罩
我们依旧拥有辽阔的春天

当春雨滋润大地
我们手牵手，呼吸着春风
一同欣赏江城夜色

鲍伟亮　1997 年生，山东莱阳人。作品见于《星星》《绿风》《青春》《延河》《山东文学》等刊物及多种选本。

战地抒情（组诗）

董庆月　山东

一种声音

——写给医生和我曾经的爱人

一种声音，许多学生都能把它抓到
爱人，爱人，我无名的
嘴里吐出的抽象名词

当清晨的一缕阳光扒开我的眼睛
你站在那里，拿着护士帽
你的白色世界（也是我的世界）
隐藏着矛盾的对立面

我来到你身边，带着敬畏
安静和从来不曾躁动过的心
我们沿着整齐的小路来到牡丹园
在牡丹花的气息中亲切聊天

你给我讲白求恩征服“死亡”的威胁
以及每当太阳升起的时候
怎样在无边的黑暗中唤醒一个人

位　置

我分明记得你提示我无能为力
做出任何修饰
时间被刽子手一剑刺在冬天
我们如同被迷惑的俘虏
一起沉默地挤了进去
为此，我阅读着自己
认认真真地读，像一只羊
面对辽阔的草原
整片永远重复又永不重复的
草原，找到其中最肥沃的部分
你拍打着刚刚我匍匐前进时
弄脏的臂章，是的，我和你一样
原是光，原是为爱而生的
一切和平的建造物
我必须是浩荡地涌出
又固执地凝结在，我本该存在的地方
我也必须颤抖地让你回到
救死扶伤的战场
从而召唤更多的你
呼唤我深爱至极又迟迟未现的
春天

等待冲锋

站立在训练场的靶心上
我们在一阵狂风里挺着胸膛
风撕扯着我们的上衣
在地上翻滚，摇晃着树的枯叶
太阳落山了，营区也已经陷落

我们也早已掉进口罩的洪流
但此刻我们出于信仰
快乐地辨认出其中的一些面孔
清楚服务于人民常常要有热情的心
就像医疗中的状态
医生伸母亲的手，鼓励，鼓励着

我们以一种淡蓝色的口罩
作为护身的武器，再次冲锋
做一千种可怕的面孔
始是挣扎着，继而沉着，终于微笑
即使谁也看不到

走廊素描

你抬头期待能看见什么，能在此刻
穿眼而入
因为你被包裹地只剩下眼睛
甚至眼睛里
让你痛得看不到阳光

白云，蓝天，风筝，麻雀
它们纷纷藏匿起来
狼狈像一路上你诊治的患者
但你眼神坚决，看见了
某种人世间独有的光
一个四岁的孩子，在隔离玻璃面前
张开双手向你索要拥抱
你痛恨自己过于卑微
任何植物都可以选择重生
任何偶然的种子都必经发芽
在自己拥挤的房间，开窗
就只能看到另一扇窗
许多动物拥有保护自己的病毒
一旦触碰便痛下毒手
任何一切都可以复位而井然
并分毫不损不露痕迹
存在着
而自己是多么脆弱
甚至照顾不了
一些凶恶存在的宠物

逆风而行

沙子平静，迷人
风无休止地吹
大风里有太多神秘，只有沙子知道

一公里之外，我们看见风
穿过戈壁滩而来，我们转身弯腰

迎接风，不必担心什么

只是风，不是太大的风
经过，我们紧紧用脚咬着沙子

我感觉它打着我的耳朵
感觉它陷于沙漠巨大的力量
甜蜜得似乎
妻子的怀抱

然后面对面，看着它
左右摇晃，使沙子激荡着
我们的眼睛

逆风的我们也开始摇摇晃晃
沙漠的表情开始模糊
我们迈出新的步伐

奔放的菜籽

我们围坐在燃烧的火堆旁
温暖我们自己，我们的手
和脸，在它噼噼啪啪
漫天的热气里

我们端起热气腾腾的野菜汤
双手捧着，喝它
但我们是抖落掉的

菜籽。现在我们在雪地和树枝上
跺跺脚。跟着风
缓缓地，怀着爱意，走向那些静静的沙洲

沙漠如此温柔

春天里的细沙
没有一个不是柔软地垂下
几个小时坐在沙漠的色调里

听着风扇动着骆驼的铃铛，学会了
分辨骆驼的铃声

和哨声之间的区别。我想要
我身后的一切。甚至想

变成铁石心肠。我那样做了
我知道我做了

我记得那个晚上，我告诉妈妈
我不回去了。接着

挂断，按住关机键
没有人知道我发生了什么

在温柔的沙漠，只有我知道
夜里，星星汇聚在云朵面前

到早上，它们就消失了

而那曾经温柔的细沙呢
它也消失了

夜宿沂蒙

——兼致每一个离开营区的夜晚

悄悄地，星星的弓手射着
同伴们的睡姿，如袭击城池的人
隔着高高的围墙窥视楼上的一窗灯影

我原准备和大地的草木共枕
大地的黑子群奔驰着，继续黑下去
蟋蟀把大地的音乐携在嘴里
以此对抗那将万籁埋葬于寂静的黑夜

我跟着声音走到山的鼻梁
那儿有黑乎乎的草丛和微风
我坐在白胖胖的岩石上，听蟋蟀唱

它唱了黄昏中烟雾缭绕的河水
唱了在九龙潭下鱼水中游泳的愉悦
唱了云和松高贵的身材，月亮的体温
唱了煎饼、大葱、甜面酱的滋味
唱了颜色，天蓝、嫩绿和洋红
唱了燕子和麻雀的飞翔

月亮被吵醒，山岚都清醒了
一件一件褪去昨日的疲倦，我
很满足地睡下，把大地拥进怀里

连同它的潮湿和滚烫

一只羊胃里的草原

——兼致徒步三十公里行军的战友

我曾在桑科草原和大夏河水附近
一处人迹罕至的山麓
跟踪过一头甘加羊
十月份，蓝色天空延伸到
祁连山乃至更远
一直到阿尔金山
当时我们还都没去过那儿
去阿尔金山，可是我们知道
那里有棱格勒，太阳沟
经常汇集雷雨云，引起雷击

我那天跟踪了一头甘加羊
一路踉踉跄跄地走
摇晃着身体
也吃草，一棵又一棵
状态最好时
会把整个云朵吞掉
可是那天我跟踪了一只甘加羊

后来我在床上醉得摇摇晃晃
一边找词语把这件事
讲出来，零散点缀着关于
此事的回忆，突然我回到了
那处人迹罕至的山麓

在神志不清的状态下
我清楚一只羊胃里的草原
比桑科草原更宽大雄浑

合唱

开始——清晨
开始——陷落
开始——一群战士组成的方阵
合唱声一步步提高，扬起

许多的绿色和露珠，开始从
密林，土地，冒冒失失地下坠，抬头
右边，雪山坚持一个方向
滴滴收纳着大地遗忘的夜雾

在大地还未来之前
空气必然带一点暗黑
但此刻是小草的绿月亮的白
和汽车前灯反射的光

黎明即起，队列前进
歌声飘入头顶的云雾之间
起初——在帐篷边上的火堆尽情的燃烧
然后——它白白地把自己烧完
而后——就此点着了我们

然而，歌手将沉默无声
那合唱的大军突然停止，不再歌唱

在等待着，是否要冲进密林
冲进白雪所覆盖的巅峰
脚不点地般，跌进阵地的命令

哦，难道我自己也不是那样一位
不也是放肆地尽情燃烧
难道说这个大军不也是白白地把
自己烧完的歌唱人

当我回过头去，张望四处
有人在点我的名

董庆月　笔名繁钦，2000年出生于山东泗水。中国诗歌学会会员，国际零零诗社成员，参加中国人民武装警察部队，中共党员，任文书，宣传干事。作品发表在《星星》《绿风》《鸭绿江》《延河》《奔流》《解放军文艺》《中国武警》《人民武警报》《扬子晚报》等报刊杂志，出版诗集《西去列车的窗口》。

白色长城（外一首）

黄玉凤　山东

轻点儿，再轻点儿
我想把所有的声音归拢
不让它打扰
靠在椅背上熟睡的医生

轻点儿，再轻点儿
我想把所有的声音屏蔽
不让它打扰
睡在地板上的护士

圣洁无瑕的天使啊
满脸的勒痕
恰似盛开的玫瑰
大千世界你最美

可敬可爱的天使啊
你们唤起春的气息
满腔热血
挥洒到每一个需要救治的微弱生命里

请战书上
每一枚鲜红的手印
是雪地里盛开的梅花

芬芳中写满勇敢
味蕾中浸润坚强

睫毛里响起战斗的号角
眼眸里的星星在催促
温柔的目光举起千斤顶
柔弱的肩膀担起保家卫国的使命

你们是无畏的战士
身披白色战袍
义无反顾
与病魔殊死搏斗

你们用排山倒海的力量
力挽狂澜
以逆行者的名义
向党和人民递交最满意的答卷

你们将生死置之度外
向死神靠近再靠近
用最美的逆行
筑起一座白色长城

黑暗已经退却
天空即将破晓
朝霞
已将世界的东方染红

深爱这土地

那是一个极其寻常的冬天
九百六十万平方公里的彩色画卷
顷刻被素描成一笺素宣
在我深爱的土地上
乌云遮住了阳光
我心依然晴朗
千年华夏
哪一次劫难不是一次最好的成长

从蹒跚到学会奔跑
每一次疼痛、割舍、隐忍、拼搏
哪一次不是
从抱团取暖走到胜利的那一天

我们是一群爱河的鱼
我们是一群爱树的鸟
我们是草原上的雄鹰
我们是大海上的波涛

我们的胸脯、舌、唇、齿以及五脏六腑
成就了大地的纹理
我们给永恒的大地、山川赋予灵魂
口罩里唇齿的热度一直贴着大地行走
我们是黎明前的钢铁卫士
碾碎骨头，皮囊也要交给大地

泰山是我们的骨骼
我们流淌着黄河长江的血液
龙的子孙
大地是我们紧紧相拥的母体

伸出手，触摸大地的呼吸
逆行的神话是大地的胎记
旷世大爱
在九百六十万平方公里的土地上香飘万里

黄玉凤　中国共产党党员，高级教师。中国诗歌学会会员。作品在《山东教育》《吉林教育》《山东文学》《北极光文学》等多家刊物中发表，共计八十余万字，有散文荣获全国游记大赛一等奖。

口罩挡不住春天（外一首）

刘小荷　山东

春节
恐慌的消息四处游荡
一群戴口罩穿隔离衣的人
将一位染病的人带走
之后
整个小区都呼吸困难
之后
整座城市都缩在口罩中忧虑

商场被口罩隔离
隔开了人和人
隔开了微笑与寒暄
而口罩遮不住的眼睛
恐慌深不见底
在幽暗潮湿的山洞
无数可怕而致命的病毒
随时都会倾巢而出
像黑色的蝙蝠扑向你
血的嘴巴张开着
欲咬断人类生命的链条

我躲在玻璃窗内
忧伤地望向远山

远山之后的青海湖
鱼群在厚厚的冰层下
久久寻觅着冬天的出口
春天总会来的
当冰层承受不住太多的阳光
蓝天会在某一刻倾泻而下
祁连山的雪峰上
是否正盛开着美丽的雪莲
我离开的那个夏季
油菜花层层叠叠地铺展

我的背后
晨光温暖而坚定
这暖阳也普照着寒风中的火神山
我坚信
山上的野菊花不久就要开放
因为春天不远
我坚信
每扇紧闭的窗都会打开
因为春天自由的消息比野菊花还要灿烂
我坚信
口罩再厚
也挡不住一个热闹干净的春天

门

关上所有的门
阻断所有的相聚

唯有思念没有羁绊
如风
拂你发鬓

门
这个季节最后的屏障
为了挡住病毒
连春天也要挡在门外
连同你们
我亲爱的孩子

快听
门外又传来胜利的消息
英雄们正为我们负重前行
侵犯者已节节败退
可是
多少鲜活的生命
倒在樱花盛放的前夕

亲爱的
要好好珍惜活着的每一秒
每一缕阳光
每一朵吐着阳光的花蕊
在遥不可及的地方
有人正为永别春光落泪

藏好自己吧
像冬枝把花朵藏起

等喜鹊飞上阳光的窗台
为我们衔来春天自由的消息
我已准备好一扇敞开的门
迎接所有的亲吻和拥抱
我已准备好一片野菊花的山坡
任你们自由地采摘翻滚

我在门内悄悄听着
远处河冰融化的声音

刘小荷　山东郓城人，中级经济师。热爱文学、书法，偶有作品发表于报纸杂志。

冬麦情结（外一首）

倪崇路　山东

题记：写给2020年一场没有硝烟的战争

2020年的新冠比2003年的非典来得更猛烈些
阴霾四起，瞬间席卷了大半个中国
足不出户，村村封路
城镇交通几乎凝固
口罩过滤了所有的空气
能健康活着，是最大的幸福

我踏过一条干涸的河床
曾经流淌着陈旧的过往和美好的希望
徒步于广袤的田野
来崇拜青青冬麦遍野的绿色
秋雨萧条过，冬雪肆虐过
凛冽北风包裹着生活的苦涩
还有那些落寞
都没能将你细弱的身躯湮没
在这苍黄的天地间
高大的杨树丛卸下浓郁的相思
为你留一截独白
洁白的芦絮为你飘飞不老的情怀

啊，一棵冬麦
你是那么纤小
却依然放下多余的烦恼
将爱心跳跃，跳跃成

一个个鲜活的音符
谱写一曲古老的歌谣

从黄河的源头滚滚而来
漫过五千年历史的沟沟壑壑
从珠穆朗玛峰的山巅大踏步而来
担当起神州大地的豪迈气概

武汉加油，武汉加油的呼声
赛过滚滚春雷，响彻云霄
一车车救援物资
一个个神圣的白衣天使
一队队的橄榄绿
正从祖国的四面八方飞往武汉重疫区
武汉，武汉，你不是一座与瘟疫奋战的孤城
看，全国的亿万人民正众志成城

春寒料峭里
追寻着青牛西去的踪影
愿长成一棵冬麦，融入土地的本色
与你们一起装点绿色的钢铁长城
传承着昨日的文明和明天的繁荣
可爱的逆行之光啊
必将穿透厚重的云层
放射出五彩光明
神州大地，吹起
飒飒东风

怎能忘记那个春天

怎能忘记那个春天
2020 年，那个令人窒息的春天
口罩把脸捂得实实严严
所有的行程都被突如其来的瘟疫打乱
封城封村，交通路口设卡设关
人人肩上扛起防疫阻击战的责任
自我隔离，在家做好宅女和宅男
陪孩子上好网课，不聚餐
就是为国作贡献

怎能忘记重疫区的武汉
正饱受煎熬
多少官兵、白衣天使和志愿者
奋战在抗疫第一线
多少飘逸的秀发
瞬间落地
没有丝毫遗憾
任汗水浸肿双眼

怎能忘记火速建成的火神山、雷神山医院
包含了多少农民工兄弟的血汗
还有那八十四岁的老院士钟南山
忘不了您镜片后面的泪眼

怎能忘记一场史无前例的瘟疫
这个春天，中华民族砥砺前行
感动了自己
感动了世界

怎能忘记党中央国务院的英明决断
及时控制疫情蔓延
看全国的亿万人民
正众志成城，奋力向前
只盼早日熄灭毒焰，还我
九州一个艳阳天
到那时，东风飒飒
春花烂漫
千里沃野之上，依旧
挥动春耕的响鞭

倪崇路　山东省当代农民诗人，擅长田园诗写作。中国诗歌学会会员。已发表诗歌五百余首。

风吹大地，春天正缓缓而来

雨　桦　山东

2020 年的春节
本来要迎接一个婴儿般的春天
突然，疫情与死亡
人性与生命
就像街角的你我
不期而遇
喜庆逃遁
悲欢赛跑

武汉，正经历一场百年不遇的灾难
恐惧袭击安宁
撕咬幸福
回家的路近在眼前
却在万家灯火里迷失
乡愁在千里之外哭泣
遥望亲情

生命庄严
别怕啊

牵挂从来没有因为盛世繁华而忘却
每一滴汗水都流成一条叫情怀的河
每一个眼神都化作了心疼
千里之外的驰援哪怕疲惫不堪
也会快马加鞭
武汉！挺住！

武汉！加油！

即使醒来是黑夜
你不会穷途末路
也不会无家可归
故乡依然
亲情还在
守望不会无影无踪
我们只是生了一场不同寻常的病

疫情犹如春天的麦苗
疯狂地生长
挡不住，爱如潮水
这一刻白衣天使犹如出征的将士
英勇请战
在生死间选择勇敢
星光辽远，夜色倾城
春花秋月最爱万家灯火
武汉
请相信
风吹大地，春天正缓缓而来

雨　桦　原名张黎艳，中国作家协会会员、山东省作家协会网络协会委员、山东省作家协会小小说协会副秘书长。出版个人专著二十六部。作品多次获得多种奖项。

湖　　边

张庆忠　山东

风儿吹过湖水，涟漪叠着涟漪
湖水就有了圈圈心事
岸边的树和芦苇，跌落在湖水中
弯弯曲曲的影子
一种不可名状的寒意
从枝头，掉进湖边发芽的水草里

握一缕阳光，真好，感觉有点奢侈
照亮躲藏的黑暗
温暖孤独的寒意

湖边的广场上，秋千荡着孤独
耐不住寂寞的芽尖，偷窥着世界
阵阵春风，一点点温暖着遥远的目光

总感觉，少了谁
他们在荆楚大地，英雄般走入另一个世界，在那里
他们用生命照亮黑暗
身后是一个崭新的春天

张庆忠　1968 年生，教师，现就职于山东省东营市东营区龙居镇教育办公室。从 2011 年开始写作，迄今为止已发表作品三百多篇，获得一百多个奖项，多篇作品被收入选本。

出川集结号（外一首）

张诗青　山东

鼠年第一天，别人选择了团聚
他们选择了集结，没有冲锋号
号声却已在胸中嘹亮，离开家乡
奔赴一场没有硝烟的战争
看不见的敌人，像死神幽灵般
狡黠，异常凶猛

面对这个棘手的敌人
新型冠状病毒
枪弹有时是无力的，武器装备
也换成了 N95、N99
医用防护口罩、防护服、护目镜
医生、护士组成的医疗队
威严如军队一样
召之即来，战之必胜

中午十二点，成都笼罩在明媚中
一百三十八名队员正式出征
每一步，都承载着作为医务工作者的使命
对责任的敬畏
疫情的刻不容缓

临别，没有鲜花和掌声
有的只是悉心叮嘱、拥抱鼓励
对孩子一声的道别
“妈妈会平安回来的”

"爸爸会平安回来的"

大山深处的值班点

大年初二伊始，乍暖还寒，立春还未到来
蒙山的北麓，苍松间，依旧残存着些许白雪，大地上安静得出奇
没人能想到一场瘟疫，年前从遥远的武汉爆发，如此迅猛地席卷全国
在沂蒙山深处，一个不起眼的小山村
这里没有工厂，没有喧闹
有的只是梯田里，漫山遍野的桃树、板栗、花椒和杨树
但就是这样生活恬静的地方，在疫情来临之际，也不得不扎紧篱笆

在村口紧急设立了值班点
负责对外来车辆人员进行登记、检查、消毒
这是唯一一个可供汽车通行，与外界联络的咽喉
值班点的条件十分简陋，最开始
只有一张登记用的桌子，宣传用的条幅
就连佩戴的口罩也不充足
山里的天气，忽冷忽热
暖的时候，值班人就坐在板凳上晒会儿太阳
阴冷起风时，他们只好裹紧身上的棉大衣

那天是情人节，街上却没有玫瑰
从中午到晚上，一直是淅沥的冷雨，半夜后又转中雪
值班人还在昏黄的路灯下坚守，他们需要二十四小时
在此不间断轮流值守，面对疫情丝毫不敢懈怠
我的姐夫，也是其中一员

他只是一名普通的村基层干部，每天他都要来
有时别人替班，父亲也会让他到家里吃个咸鸡蛋，喝
杯酒暖和下
匆匆吃完，放下碗筷，他又屹立在肆虐的寒风中
和那面鲜艳的党旗，一起飘扬

张诗青　1987 年生于山东蒙阴，中国诗歌学会会员、山东省作家协会会员。曾获第十届万松浦文学新人奖，作品散见《诗刊》《星星》《扬子江诗刊》等。

重症监护室里的武汉（外一篇）

秦星梅　陕西

庚子年新春
在举国欢庆的日子
一个威武英雄的汉子
却躺倒在重症监护室里

夜，一团漆黑
刺耳的奸笑在浑浊的空气里回荡
恶鬼龇牙，病魔舞爪
新型冠状病毒性肺炎迅速蔓延

疫情吹响了号角
防控就是使命
八方战队逆向冲了进去

疼，只是暂时的状态
灾难过后
当擒妖降魔的战旗
插上雷神山火神山高地时

为了曾经的痛
树起一座纪念碑
用带血的手术刀
雕刻“热爱生命，切勿滥杀野生动物”

做个邻居好不好

我矮小孱弱
我位卑言轻
我唱不出什么高调
但我是生物链上的一分子
我有我活的理由

我羡慕我的远亲
我敬重我的近邻
我有责任和义务保护我的家园

你不要这样自大
你不要这样独断
你走你的路
我飞我的道
我提议咱们和平共处

我们共饮一江水
我们共赏一轮月
我们吸氧的权利是平等的

我是渺小的
可是我活得简单而快乐
你是伟大的
但你太过复杂

对于住，入地八层，凌云八层
你嫌不够宽敞
对于穿，绫罗绸缎，羊皮兔毛

你嫌不够不风光
对于吃，土生水生，还在追逐野生
那些龙肝豹胆、山珍海味，皆在你的射程之内
我仅有的一点蝙蝠小肉，你也不曾放过
试问上天赐予你智慧是用来打猎的吗

我知道我的话向来不被看重
今天，我以肺炎的哀鸣发出公告“生命禁区，莫要开口”

Hello，有事好商量，做个邻居好不好
让我的部落活下去
但愿我从你的世界走过
岁月静好

秦星梅　中国散文学会会员、陕西省作家协会会员、兴平市作家协会副主席。著有散文集《凝眸》。

天使白，警察蓝（外二首）

宋小娟　陕西

我目送着汽车驶向武汉的方向
有一抹警察蓝渲染了朝霞的路面
路的中央笔直的身影
警徽下肃然敬礼
他是那送走天使白的警察蓝
是为妻子千叮咛万叮咛的丈夫
是为远行武汉的车队护航
是为爱人护航的
最美警察蓝
从此，天使白忙碌在
援鄂医疗队的救助之间
警察蓝屹立在执勤的道路上
疫情将小家分离，却为大家而拼搏努力
重症区的天使白，守护民众安危的警察蓝
驰援武汉重灾区的天使白，守城护家的警察蓝
我抹去眼角感动的泪水
仰望碧蓝的天空中朵朵流云
祈福着，这纯净的蓝、无暇的白
都一定要安全归来
为我们谱写一首生命的歌谣

最美新娘

你是我最美的新娘
虽然没有给你一个喜庆的婚礼
但是我们双双走进援鄂的战场

我为你披上天使白
让你成为我心间最美的新娘
我们会铭记这场婚礼
你在方舱医院隔着屏幕投来的
最最柔情的眸光
我在防护服上写下的最美情话
亲爱的，一定要等我
回家给你补办一个最美婚礼
于是，我背负着防护服上厚重的誓言
期待着打败病毒的那一天
我们挥别武汉
回归自己的家园
贴上大红的喜字，挂上最美的婚纱照
从此，大家祥和，小家平安
我为你守护心中的天使白
爱是你绣在我防护服上的深情眸光
我永远不会忘记
还会给未来的孩子说起
你那个天使白的妈妈
曾经多么高贵美丽

姐弟情谊

弟弟你穿上防护服的那一刻
依旧不掩饰你顽皮的一面
伸手踢腿做出超人的模样
就是想逗笑站在你身边的姐姐
姐姐一身天使白
衬托出英姿飒爽的风采
你们是即将奔赴武汉方舱医院的
勇敢担当的抗疫战士

冲锋陷阵在疫情第一线上

可爱的弟弟你可看见
姐姐站在医院的画面
她们宣读抗击病毒的誓言
百战百胜，抗争到底
手与手比画出颗颗爱心
让全中国都感动落泪

可敬的姐姐你可看见
弟弟正忙碌在病人之间
防护服上书写着
大爱在前，小爱在后
你笑了，心里想
真是个孩子

每当夜色降临
就是你一家团聚在荧屏的时光
父亲透过荧屏鼓励你们
母亲交代按时吃饭睡觉
姐弟间互相分享各自的经历
一家人伴着亲情，沉入夜色的梦乡

明日，姐弟依旧会站在病毒的面前
稚嫩的眼光却透着锐利
举起年轻的手臂宣誓
这场战役，我们必胜

宋小娟　渌水诗社社员，西安市雁塔区作家协会会员，雁塔区诗词学会会员，陕西省青年文学协会会员。曾在《延河》《文学陕军》《白露文学》《作家报》《劳动者报》发表文学作品，并获得多种奖项。

奔跑的背影（外二首）

张小军　陕西

一抹乡愁叫醒了味蕾
一张车票催促着团圆
一幅火红的对联
等你在老宅院

钟声将响
酒杯已等不及
你却惊呆在
那个突兀电话的声音中
长江的呜咽
黄鹤楼的呼唤
你的心痉挛

父母的白发
儿女的挂牵
同样的血肉之躯
同样的柔情
你不禁悄然长叹

可是
一切来得突然
总得有人扛起生命的尊严
你穿上白衣大褂
奔跑向前
一个又一个战士的背影
连线武汉

点亮世界的温暖

口罩的吻痕
印在了俊朗的脸上
护目镜中的目光
穿透了实体
观察着，判断着
新冠肺炎患者的变化
多少年的从医经验
窥探到病毒的行踪

双唇干裂
却不能喝水一滴
防护服里
汗水浸泡着肌肤
坚守与执著
追寻与挑战
每一个隔离病房里
都站着几名白医战士

露出一丝微笑
将疲惫冲淡
竖一下拇指
让彼此意志更坚
你的双手
点亮世界的温暖
人生的字典里
都是兄弟姐妹

你也看见了

忙碌的脚步
三点一线
生死的变换
天天上演
那组患者的数字
压着呼吸
踩着心脏
连接着民族的脉络

但是
凶险的寒风里
你依然站着
一行泪珠
映射着周围的春雷与呼喊
你听见了
你也看见了
七十三岁的李兰娟
八十四岁的钟南山
冲在阻击新冠肺炎战场的前线

那滚滚而来的捐赠支援
哪怕留下的是一盒热饭
也是真情

一个又一个人民的勇士
坚守在疫情前线
抬头
蓝天日暖

远望绿色
开始点染祖国的河山

张小军 中国共产党党员，毕业于延安大学医学院。陕西省铜川市人民医院副主任医师。在抗击新冠肺炎疫情工作中坚守岗位，自愿捐款、献血，为抗击疫情努力工作。

别怕，孩子（外一首）

邵彦山　上海

孩子，别怕
除了肺部有阴影，良心和肝胆还在
孩子，起床洗漱吃饭
别理老虎呲牙咧嘴，咬破了谁的苦胆
别管恐慌扶着谣言，狂奔向哪座口岸
孩子，洗澡关灯睡觉
那么多勇士，都在巡夜
我们原地不动，守好自己的城
静待天明

工人兄弟

内心柔软，但藏着铁锹的理想
把一盘散沙聚拢，做成
比石头硬的砖，砌坚不可摧的墙
我们要把一切冰冷，拒之墙外

曾隐忍在巨石之下，终长成苍松
怎会惧怕一次寒流、一场暴雪
我们要在大江两岸播下彩虹

一树春光，必有属于我们的明媚
诸多良人倚窗，望郎归来

邵彦山　陕西省延安人，现居上海。诗作散见《江河文学》《诗潮》《散文诗》《诗选刊》《北极光》《椰城》《东部文学》等刊物。出版诗集《浦江诗存》。

致敬生命

周璐瑶　上海

1998 年的洪水我没有来到世上
2003 年的非典我还没有出生
2008 年的汶川大地震我还小
但 2020 年，面对新冠肺炎疫情
我和我的祖国
和你们并肩站在一起
共同抵御病毒的侵袭

每个时代，都有不同的英雄
此时此刻，战斗在一线
救死扶伤、迎难而上的医护工作者
你们是最伟大的英雄
你们是最美的逆行者
向每一位奋战在前线的医护人员致敬
向每一个勇敢而坚强的生命

周璐瑶　笔名子墨，21 世纪初出生于上海，小钢琴诗人、演奏家、作家，中国诗歌学会会员。荣获第九届全国创意美术大赛金奖，荣获“中国少年作家杯”全国征文大赛一等奖及钢琴大赛一等奖等一百多项国家级文学艺术奖项。

如果我在防疫中倒下

陈建水　四川

如果我在这场抗击疫病的战争中不幸倒下
假如我有妻子和儿女
请让我的妻子和儿女化悲痛为力量
坚定地继承我的遗愿与病毒作坚决斗争

如果我在这场抗击疫病的战争中不幸倒下
假如我是一名普通的群众
我请求将我的请战书视同入党申请书
追认我为中国共产党的正式党员
我将为我能够为这场战争牺牲生命而无悔无怨

如果我在这场抗击疫病的战争中不幸倒下
假如我是一名党员
我请求为我覆盖上一面鲜红的党旗
我将为自己能够献身这场战争而含笑九泉

如果我在这场抗击疫病的战争中不幸倒下
我将如凤凰涅槃般重生
或者从另一个世界从容奔赴抗击病毒的战场
再次挺起自己坚强的脊梁
与所有的病毒抗争到底
那么从现在起
亲人们、朋友们
请提前接受我的不辞而别

“忽报人间曾伏虎，泪飞顿作倾盆雨”

封城解除之日当是疫病消退之时

陈建水 中国共产党党员。现供职于四川省雷波县社科联。已出版个人新闻文学作品集《笔走金江》。

南山白发帖（外一首）

秦　风　四川

白发立雪，比真理更抵至神祇
白发擎苍，寒光熔铁的达克利斯之剑
一头雪豹，一发千钧，一触即发
先于病毒，更快更远地到达自己

白发的药典里，行与路都是
同一个方向的逆行者
眉间皱纹的雪线，打开清晨
通向罩住的表情、离散的眼神

病毒疯狂报复
你独自引开众生体内的兽

最好的免疫力，成为自我的医生与药
无需再看战疫疫情报告，只想看您
白发春风的微笑

白衣天使帖

“说星星很亮的人
是因为你没看过护士的眼睛”
世界与人间，都在这白色光芒普照之下

这是最先出发的年龄
这是最先到达的颜色

这是唯一可与武汉拥抱的白
拥有白云和瀑布的内心

白的，穿过三江的脉搏、武汉的肺
白的，生者的体温、死者的姓氏
白的，你的救助、你的守护

用一种最闪亮的白，剥离病与病人
用一种最单薄的白，以命相搏，以生换死
一种白的疼，擦净另一种白的痛

秦　风　本名蒲建雄，文学博士。《湖北文学》季刊副主编。中国诗歌学会会员、四川省作家协会会员。曾获首届全球汉语诗歌主奖、首届天府文学作品奖、长城文学奖、苏东坡文学奖。著有诗集《独步苍茫》。

文亮医生，您好（外一首）

杨剑横　四川

夜深了，你一个人睡下
你只是想静静
夜色中，我一直注视着那颗闪烁的星
在这尘世，总会有人熟睡后醒来
我坚信你只是闭上眼睛休息一会儿

有人说，早起的鸟儿有虫吃
可你愿做早起的虫儿，你不怕被鸟吃
即使遇到了不公的待遇
你还是坚守医生的神圣职责
你被感染后躺在病床上
期待自己很快好起来
你要回到一线抢救病人

得知疫情一天一天严重
感染数字一天一天上升
你心在滴血
如果事情再来一遍
还会做吗
你说“会”

我想，即使现在问你“后悔吗”
你一定会说“只后悔哨声吹得不够响亮”
我想，你只是休息一会儿
我相信，人们还会听到你的“哨音”

在梦里起飞

昨夜我做了梦
梦见你
化作一缕青烟
化作一只蝴蝶

扇动着一双美丽的翅膀
在一片樱花林中
舞动着季节变换的生命乐曲
翩翩起舞

早就盼望着春天来临
春暖花开了
大地万物复苏
人们可以自由呼吸

你盼望春天已到来，在美丽的樱花丛中
与父母、妻子和未来的孩子一起
享受着香喷喷的团圆饭
重新穿上白大褂

你也怕疫鬼进入梦乡
破坏你的大脑
你还怕睡去以后
恶魔会如此顽强

你睡着了
你要赶走远山的沉睡
和着武汉夜风的嘶鸣

你不只是化作一只春天里的蝴蝶
你还是一只会说话的蝴蝶
会说真话的蝴蝶
还会在人间起舞

杨剑横 四川绵阳人，现就职于杭州方回春堂国医馆，主任中医师。中华中医药学会会员、中国医促会专家委员会副主任委员、中国诗歌学会会员、四川省作家协会会员。作品散见于《人民日报》《中华辞赋》《中国中医药报》。出版诗集《迷茫在彼岸》《流浪在江南》，医学著作《常见肿瘤中医临证治要》《常见肿瘤中医临证康复》《新编温病学歌要》等。

武汉，2020

胡 晓 云南

除夕，阅读那些关于武汉的消息
医护人员奔赴武汉的话语
掷地有声，高铁工作人员铿锵的话语
融化冰雪，火神山医院建设工地的身影
人民解放军奔赴疫情第一线的飒爽英姿
照亮黑夜，朴实的话语，一字字，一句句
触动心窝，温暖武汉，感动神州大地

翻开厚重的中国历史
我们遭遇了屈辱的道光庚子年
遭遇了动荡不安的光绪庚子年
1960 年也是庚子年，历经了持续的自然灾害
但我们挺起了民族的脊梁
打破了霸权国家的预言
更有中国的导弹刺破了坚硬的苍穹

2020 年的除夕，所有的目光，聚焦荆楚大地
别小家，赴武汉，白衣天使们逆向而行的身影
成为这个冬天最美丽的风景
生产口罩的工人，提供蔬菜的农民
运送物资的人员，站岗执勤的民警
以及白衣天使为病患读家信的话语
是这个冬天最温暖最给力的话语

我们不相信庚子年的命运之坎
我们只相信众志成城，相信大爱无疆

从 1998 年的洪水到 2003 年的非典
再到 2008 年的地震
我们都挺过来了
因为我们的背后，有着华夏民族最坚强的后盾
武汉，2020，武汉，我们爱你
我们爱你，武汉，2020，武汉
武汉，这个春天，你不能缺席
武汉，若你安好，神州大地才春色满园

胡　晓　云南玉溪人。玉溪市作家协会会员，红塔区作家协会秘书长。有诗歌、散文、短篇小说发表于区、市级报纸杂志及《中国诗歌报》网络公众平台。2017 年 7 月获全国精短文学大赛“十佳散文”荣誉称号。2015 年出版长篇小说《金窝银窝茅草窝》。

闪光的泪花

张美华　云南

一座山
一座把疫病死死压住的山
一座把生命高高举起的山

你不顾舟车劳顿
你不顾年迈体弱
你闪光的泪花
一滴为英雄的城市
一滴为华夏的儿女

钟南山，人民的山
钟南山，福祉的山

张美华　云南省作家协会会员。参与编辑《祥云文化丛书》《云南驿文化丛书》等。

我们一起守着信念里的光

过承祁 浙江

这是一个难以释怀的
捂着口罩的年
黑夜的耳朵里
潜伏着虫子的密谋

武汉，血里的火焰不会熄灭
我们一起守着信念里的光

武汉，你一定能站起来
因为你有一个强壮的名字

武汉，你并不孤单
因为整个中国和你在一起

这是一个难以忘怀的
捂着口罩的年
星辰的眺望里
早已有了春天的预言

过承祁 任职于浙江省建德文联。出版图书多部。

我要对“新冠肺炎”说——这是一场“阴雨”

黄良木　浙江

本来
大街上已经挂起了红灯笼
家里准备了丰盛的年夜饭
乡村的孩童也点燃了炮仗
该是人流密集的春节啊
突发一场来势汹汹的阴雨
把流动的人们宅在了家里

这场阴雨
在一座叫武汉的城市下起
迅捷播向华夏大地
赶路的人们，始料未及
寒雨打湿了头发、身躯，直至脚底
疲倦、乏力、发烧、咳嗽、胸闷、气喘
甚至功能衰竭，遗憾死去

抗击阴雨，顶层令下
十四亿中国人行动起来
医务工作者冲在前面
“我是党员，我先上”
全国人民主动避雨，自我隔离
中国力量的速度
世界为之惊奇

这，一场阴雨
给我们经验

除了胜利，我们别无选择
我坚信，阳光总在阴雨后
我坚信，山花烂漫不远时
我坚信，美好的明天一定会来到

黄良木　中国生态作家协会会员，浙江省作家协会会员。